クライブ・カッスラー
& ボイド・モリソン/著
伏見威蕃/訳

秘密結社の野望を阻止せよ！(上)

Shadow Tyrants

扶桑社ミステリー
1516

SHADOW TYRANTS (Vol. 1)
by Clive Cussler and Boyd Morrison

Japanese translation published by arrangement with
Peter Lampack Agency, Inc.
350 Fifth Avenue, Suite 5300, New York, NY 10118 USA
through Tuttle-Mori Agency, Inc., Tokyo

秘密結社の野望を阻止せよ！（上）

登場人物

ファン・カブリーヨ	〈コーポレーション〉会長。オレゴン号船長
マックス・ハンリー	〈コーポレーション〉社長。オレゴン号機関長
リンダ・ロス	〈コーポレーション〉副社長。オレゴン号作戦部長
エディー・セン	オレゴン号陸上作戦部長
エリック・ストーン	同航海長兼操舵手
フランクリン・リンカーン	同特殊部隊チーム指揮官
ハリ・カシム	同通信長
マーク・マーフィー	同砲雷長
ジュリア・ハックスリー	同医務長
ゴメス・アダムズ	同パイロット
マクド・ローレス レイヴン・マロイ	同乗組員
ロミール・マリク	オービタル・オーシャンCEO
アサド・トルカン	ロミールの義弟、破壊工作員
ラスル・トルカン	アサドの双子の弟、暗殺者
ザヴィア・カールトン	アンリミテッド・ニューズ・インターナショナルCEO
ナタリー・テイラー	ザヴィアのアシスタント
ジェイソン・ウェイクフィールド	ヴェダー・テレコムCEO
ライオネル・グプタ	オアダイン・システムズCEO
ライラ・ダワン	シンギュラー・ソリューションズCTO

プロローグ

紀元前二六一年
インド亜大陸
カリンガ王国

　大気に煙と肉の焼ける悪臭が充満していた。軍勢の主力は、破壊された街の反対側で野営している。近衛兵《このえへい》の馬の落ち着きのない足踏みと、帝国の獅子旗《ししき》が弱風にはためく音だけが聞こえていた。

「何人死んだ?」マウリヤ帝国のアショーカ暴虐王が、軍司令官カタール将軍にたずねた。カタールは、アショーカの輝く白い軍馬とは対照的な漆黒《しっこく》の雄馬にまたがっていた。

「栄《は》えある勝利です、陛下」カタールがいった。「軍事行動のすべてを通じて、われわれが失ったのは一万人にすぎません」

この一週間、アショーカは自分が征服した国を騎馬で旅《りょ》し、死と破壊だけを目にしてきた。いま、こうして深い森に覆われた山の頂上に登り、カリンガの首都トサリを見おろして、亜大陸でアショーカの統治に従うのを拒んだ最後の王国を叩《たた》き潰《つぶ》した戦争の全容を、ようやく見霽《みはる》かしているところだった。首都は灰燼《かいじん》に帰し、平野には見渡すかぎり死体が折り重なっていた。

アショーカ軍の死傷者は一万人――七人にひとりが死ぬか負傷したことになる。気が遠くなるような数だが、それでもアショーカ軍はヒマラヤの南でもっとも強大な軍勢だった。いや、世界一強大であるかもしれない。それに対抗できる軍勢はない。しかし、アショーカの懸念《けねん》はそこにはなかった。

アショーカは、広大な殺戮《さつりく》の光景から顔をそむけ、将軍を睨《にら》みつけた。「そうではなく、われわれが何人、殺害したのかときいている」

カタールは、酷薄な薄笑いを浮かべた。誇り高い人々を絶滅させた残虐な行為に、なんの自責の念も感じていないようだった。「将校たちの報告では、カリンガ軍兵士十万人を掃滅《そうめつ》したとのことです。皆殺しにしました。民《たみ》も同数を殺すか、戦闘後の略奪の際に追放しました。われわれはこの世に教訓を残したのです。何者も二度とわれわれに逆らわないように」

アショーカは、笑みを返さなかった。偉大な勝利を誇る気持ちはなく、何日も前から心をさいなんでいた慙愧《ざんき》にとらわれた。従属するのを拒んだカリンガの民は、男も女も子供も、最後のひとりになるまで戦った。暴虐のかぎりを尽くすアショーカ軍に蹂躙《じゅうりん》される前に、住民すべてが自決した村もあったという。

アショーカ帝国はいまや、かつてアレクサンドロス大王の版図《はんと》だったゲドロシアからガンジス川の河口までひろがっていた。記念すべき偉業を視察するために、こうして馬を駆ってきたのだ。ところが、それは醜悪な行為の跡をたどる旅路になってしまい、自分の悪行の証拠をまざまざと見せつけられた。アショーカの世界観は、奥底から一変した。これを自分の遺産として後世に伝えるわけにはいかないと思った。

アショーカ暴虐王と呼ばれているのは、無理からぬことだった。王として君臨するにあたって、恐ろしいことをやってきた。王座を乗っ取られるのを防ぐために、末弟でもっとも信頼できる顧問のヴィトを残して、腹違いの兄弟百人のうち九十九人を殺した。アショーカの地獄と呼ばれる監獄を築き、政敵をありとあらゆる拷問にかけた。投獄されたものは、ひとりとして生きて監獄をでることはなかった。

しかし、この一週間の騎馬の旅で目にした惨状は、そういったことすべてとは比較にならないほど凄惨《せいさん》だった。苦しみを味わったのは、裏切り者や犯罪者ではない。カリンガの死者や追放されたひとびとは、祖国のために戦った高貴な兵士や、平和に暮らすことしか望んでいなかった無辜《むこ》の民だった。

ヴィトとその軍勢は、領地の他の地域からの知らせを伝えるために、カリンガの首都でアショーカと会う予定になっていた。しかし、アショーカはすでに、この一週間の見聞によって、版図をひろげるのはやめて、臣民の暮らしをよくすることに専念すべきだと確信していた。

森のなかで葉ずれの音がして、近衛兵たちが剣を抜いた。アショーカがふりむくと、襤褸《ぼろ》をまとった、薄汚れた若い女が、木立から現われた。自国の民が大量虐殺されている光景を見て、女は涙を流していた。やがてふりむいて、王とその配下がいるのに気づいた。足をひきずりながら、女が近づいてきた。

「その害獣を殺せ」カタールが、近衛兵のひとりにぞんざいに命じた。

近衛兵が剣をふりあげ、女のほうへ突進しようとした。

「剣を鞘《さや》に収めろ」アショーカは命じた。「おまえたちみんなそうしろ！」

近衛兵たちがただちに命令に従い、剣を鞘に戻した。

カタールが、鋭い目でアショーカを見た。「陛下？」

「だれもあの女を傷つけてはならない」

女はよろめきながら、怯《おび》えの色もなくアショーカの前で立ちどまった。悲しみと昂《こう》然《ぜん》とした表情だけが、アショーカの目に留まった。女はアショーカの獅子旗をちらりと見てから、アショーカを睨みつけた。

「あんたがアショーカ暴虐王だね？　あたしの国の民を虐殺した男だね？」弱々しいふるえる腕で、眼下の惨状を指し示した。

「陛下に無礼な口をきくんじゃない！」カタールがどなった。「おまえは――」

アショーカは片手をあげ、カタールの顔を見た。「静かに。この女のいい分が聞きたい」女のほうをふりむいた。「いかにも余《よ》がアショーカだ。おまえはこの街の人間か？」

女がうなずいた。「トサリはあたしのふるさとよ」

「おまえ独りなのか？」

「馬鹿なことをきくね。あんたの軍勢があたしの父さんと亭主を殺した。兄弟三人も戦闘で殺された」

カタールが、女をどなりつけた。「殺人ではない！　降伏してマウリヤ帝国の臣民になれという寛大な提案を拒んだから、そいつらは死んだのだ！　あわれな害獣どもは、この世からいっさい――」

「やめろ！」アショーカが馬からおりたので、近衛兵たちはびっくりして、女に近づこうとするアショーカと女を取り囲んだ。

アショーカは、女の手を取った。「家族はいないのか？」

女が首をふった。「ひとり息子は病気で死に、妹と娘たちは、犯されてから奴隷にされた。あたしは逃げて、森にだれかいないかと捜したけど、だれもいなかった。残ったのはあたしだけだ」女はひざまずいて、アショーカの手をつかんだ。「お願い、殺して」

「どうして殺さなければならないのか？　おまえは余や配下にとって脅威ではない」

「あんたはあたしからすべてを奪った。生きる甲斐《かい》がなくなった。飢えなくても、あたしはほかの女とおなじ運命をたどるだろう」

「マウリヤ帝国の最高指導者として、約束する。このうえ危害を――」

アショーカがいい終える前に、カタールが剣を抜いた。思わず跳びさがったとき、鋼鉄が閃《ひらめ》いて、女の首が斬《き》られるのを、アショーカは目の隅で捉《とら》えた。血しぶきがあがって女が倒れ、安らかなほっとしたような表情で死んだ。

アショーカは、喉《のど》を温かい液体が滴るのを感じた。そこに触れると、皮膚が切り裂かれていた。手を離したとき、指が真っ赤に染まっているのがわかった。深い傷ではなかったが、斬られたことにアショーカは衝撃を受けた。すばやく身を引かなかったら、女を倒したその斬撃《ざんげき》で殺されていたにちがいなかった。

カタールの剣は、いまやアショーカの胸に突きつけられていた。近衛兵たちがすでに剣を抜き、アショーカを護《まも》ろうとしていたが、かすかな動きも愛する王を悲運に陥れるおそれがあるのがわかっていた。

「カタール、余の首を斬り落とすところだったぞ！」

カタールが、にやりと笑って、肩をすくめた。「あれほどすばやいとはな。見くびっていたよ、陛下」

「ふたりいっしょに殺すつもりだったというのか？」

「なかなかいい女だったが、この国には女はいくらでもいる。しかし、あんたは……」カタールは首をふった。「この戦争で、あんたは変わった。もはや帝国を偉大にすることを欲していない。弱い人間になった」

近衛兵のひとりがじりじりと近づいたが、カタールがアショーカの胸を剣先で押して、動きを制した。

「おまえらのうちひとりでも、近づいたら、王を串刺《くしざ》しにするぞ」

「そんなことをやったら」アショーカはいった。「余が倒れる前に、おまえは死ぬ」

「そうかもしれない。だが、おれは帝国の英雄になれる」

森からひづめの響きが聞こえていた。弟のヴィトが、射手《いこ》たちとともに来るはずだ。もうすこし時間を稼げば、カタールが剣をふるう前に射殺《いころ》すことができるだろう。

「征服が無駄働きだというのが、わからないのか？」アショーカはいった。「版図をひろげたところで、臣民の暮らしをよくできなかったら、なんの益になる？」

「征服によってわれらの名前は、のちの世に残るのだ」カタールがいった。自分が大きな力を握っていることで、目の色が変わっていた。「アレクサンドロス大王は、史上最高の軍を編成し、戦いに敗れたことは一度もなかった。世界最大の帝国を支配していた。人類が絶える日まで、大王の名は語り継がれるだろう」

アショーカは、重々しくうなずいた。「アレクサンドロス大王は三十三歳で死に、帝国は相次ぐ内戦で分裂した。べつの方法もあるというのが、わからないのか？」

「あんたがずっと唱導している仏教のことか？」カタールが、吐き捨てるようにいった。「時間の無駄だ。われわれの軍勢をもってすれば、あんたはさらに偉大な征服を行なって名を残すこともできた。全世界を支配することもできただろう。あんたがそういう好機を投げ捨てるのを、見過ごすわけにはいかない。マウリヤ帝国は、おれの統治のもとで偉大になる。おれはカタール偉大王と呼ばれるだろう。アレクサンドロスよりも崇《あが》められて」

アショーカは、近衛兵たちを見まわした。自分を殺したら、カタールは逃げおおせることはできない。

「自分が生き延びられると思っているわけを聞こう」アショーカは落ち着いていった。

カタールは答えず、にやりと笑っただけだった。騎馬隊が森から現われたが、アショーカの弟ヴィトの軍勢ではなかった。カタールにもっとも忠実な兵士たちで、近衛兵の倍の数はいた。劣勢のアショーカの近衛兵たちは、なすすべもなく包囲された。

「これは思いつきでやったことではない」カタールがいった。「何週間も前から計画を立て、あんたと配下を不意打ちできる場所を探しておいた。あんたの死体を運んで戻るときには、カリンガ人の反乱分子の裏切り者に斬り殺された、と臣民に告げる。臣民は、この悲劇的ではあるが偉大な勝利を帝国にもたらした、もっとも信頼がおける将軍を頼りにするだろう。ほかにだれがいる？」

「弟が余の復讐《ふくしゅう》を果たす」

「やろうとするだろう。だが、あんたとおなじように弱い人間だ。あんたを斃《たお》してしまえば、なんの問題にもならない」

カタールが、配下の騎兵のほうを向いた。騎兵隊長だと、アショーカにはわかった。

「見つけたんだな?」カタールがきいた。

騎兵隊長がうなずき、肩から袋をおろした。巻物を一巻抜き出して、その場にいた全員に見えるように、頭の上にかざした。

「九巻すべてあります」騎兵隊長がいった。

マウリヤ帝国で最高の識者たちの叡智《えいち》を集めた、神聖な『智識の書』九巻のうちの一巻を見て、アショーカは背すじが寒くなった。巻物がここにあるということは、秘書監は死んだのだ。そしていま、カタールは、絶対的な権力で支配するのに必要なものを、すべて手に入れた。

カタールが、アショーカのほうを向いてにやりと笑った。「もう気づいたと思うが。さっきの斬撃は、配下が来るのを待つために、わざとはずしたのだ。巻物が確実に手にはいるまで、あんたを生かしておいたのさ。手にはいったからには、その必要はなくなった。あんたの帝国はここで終わる。たったいま」

必殺の一撃を見舞うために、カタールが剣をふりあげ、配下の騎兵が近衛兵に向けて突進した。

アショーカは、やすやすと殺《や》られるつもりはなかった。剣がふりおろされると同時に、身をかがめて体をひねった。剣が肩に叩きつけられ、革の鎧《よろい》が衝撃をいくらか吸収したが、筋肉に深く刃が食い込んだ。

アショーカは痛みをこらえ、立って逃げようとしたが、馬に乗っていたカタールには、高さと速さという利点があった。血に飢えた目に狂気を宿し、ふたたびふりおろそうとして、剣を構えた。

剣と剣のぶつかる音と、馬のいななきと、瀕死《ひんし》の男たちの悲鳴のなかで、一本の矢がうなりをあげて飛ぶ音を、アショーカははっきりと聞いた。矢はカタールの手に命中し、叫び声を発してカタールが剣を取り落とした。

怒り狂ったカタールが掌《てのひら》から矢を引き抜き、それが飛んできた方角を見た。アショーカがその視線をたどると、ヴィトと射手たちが、驀進《ばくしん》してくるのが見えた。弓からつぎつぎと矢が放たれた。最初の一斉射撃でカタールの配下の四分の一が斃《たお》れた。

敗北が差し迫っていると見たカタールが、馬首をめぐらし、巻物がはいった袋を持っていた騎兵隊長に向けて突進した。袋をひったくり、叫んだ。「だれにも追わせるな」笞《むち》を入れ、襲歩《しゅうほ》で森の奥へ突っ込んだ。

アショーカは、『智識の書』を持ったカタールをあっさりと逃がすつもりは毛頭なかった。カタールがそれを持っているかぎり、帝国の新時代についてアショーカが抱いている計画にとって重大な脅威になる。

アショーカは愛馬にまたがり、傷ついていないほうの腕で剣を抜いた。ヴィトが、安全なところに退《しりぞ》くよう叫んだが、アショーカは裏切り者のカタールを追った。

カタールのほうが戦士としては優れていたが、アショーカは最高の騎手だった。カタールは、馬の速度を利して逃げるのに都合がいい森のなかのひらけたところは通らず、追っ手を撒《ま》こうとして、樹木が茂っているところを縫い、馬を駆っていた。

だが、アショーカはそれにごまかされなかった。カタールが通った痕跡《こんせき》の折れた枝や踏みしだかれた下生えを見つけ、近道をとりながら距離を詰めていった。

ようやく、カタールの鎧のきらびやかな銀の尾錠《びじょう》が、見え隠れするようになった。アショーカは、カタールの通り道と平行して馬を走らせ、見る見る近づいていった。

カタールが、追われているのに気づいて、短剣を抜いた。必死でそれをアショーカめがけて投げたが、短剣はふたりのあいだにはいった木に突き刺さった。

勝ち目があると見たアショーカが、木立のあいだの細道を抜けて馬を進め、カタールとならんだ。剣をふりあげ、力いっぱいふりおろした。

だが、空《くう》を切っただけだった。

斬撃を避けるために、カタールがいちはやく馬から跳びおり、横ざまに木にぶつかった。跳ね返り、着地した。巻物が袋から抜け落ち、森の地面に散らばった。

アショーカは馬首をめぐらして、馬からおりた。剣を前に構え、ひざまずいて、痛みのためにふるえているカタールに近づいた。

それがごまかしだというのを、アショーカは見抜いていた。カタールのうしろにまわり、首の付け根に剣の先端を押し付けた。

「小刀を捨てろ」

カタールがふるえるのをやめて、低い笑い声を漏らした。矢で射抜かれなかったほうの手に握っていた小刀を、地面に落とした。

「立て」

カタールが立ちあがり、ふりむいた。

「あんたにおれは殺せない」邪悪な笑みを浮かべて、カタールがいった。

「なぜ?」

「仏教の信仰があるからだ。あんたは帝国の臣民すべてを仏教に帰依《きえ》させようとしているようだが、仏教は人殺しを許さない。そういう話を、何週間も前から、あんたから聞かされている」

「そのとおりだ」アショーカはいった。「余は臣民すべてが仏陀《ぶつだ》の教えを守るようにしたいと願っている。おまえの裏切りで、そうするのが正しいことがはっきりした。殺人はさらなる殺人を生む。おまえの自由にさせたなら、おまえは恐怖と死をもって支配しようとするだろう」

「王朝を築くにはそれしかないとわかっているはずだ」

アショーカは首をふった。「べつのやり方もある。余が生きているあいだは、ちがう道を歩む」

襲歩で走っている馬のひづめの音が聞こえ、追跡にたくみなヴィトが追ってきたのだとわかった。ヴィトがアショーカとカタールの横で、馬をとめた。

「兄者《あにじゃ》、だいじょうぶですか?」ヴィトがきいた。

アショーカはうなずいた。「おまえがいいときに駆けつけてくれなかったら、危なかった。巻物を集めてくれ」

ヴィトが馬からおりて、羊皮紙の巻物を拾い集め、袋に戻した。

「これを手に入れるために秘書監が殺された」ヴィトがいった。「新しい秘書監はだれにしますか? いってもらえれば、これを託します」巻物をすべて収めた袋を持って、近づいた。

「新しい秘書監は任命しない」アショーカはいった。「全巻をまとめておくのは危険すぎると、カタールの仕業《しわざ》からわかった。ヴィト、無名の人間を九人見つけてくれ。善良で忠誠であることがわかっている、ありふれた民だ。ひとりが全巻を使って世界を征服するのを防ぐために、その九人に、『智識の書』を一巻ずつ護らせる」

「わたしが手配します」ヴィトが答えた。それから、蔑《さげす》むようにカタールを見た。

「こいつはどうしますか？」

　アショーカはカタールに一歩近づき、剣をその首に置いた。「新時代に余が最初にやるのは、この裏切り者の名前をすべての文書《もんじょ》から削除することだ。こやつの名を口にするものは国外追放に処する」哀れみの目をカタールに向けた。「作物が育ちはじめる季節には、だれもおまえの名前を憶えていないだろう。おまえは永遠に歴史から消え去る。あたかも存在していなかったかのように」

　カタールの傲慢《ごうまん》な表情がはじめて崩れたが、それでも強がろうとした。「だが、おれはまだいまここにいる。おれの信奉者は数多く、兵士たちは忠実だ。彼らがあんたに対抗して蜂起《ほうき》し、おれを監獄から救い出すだろう」

「いや、そうはならない」アショーカは、剣をふりあげた。

　カタールが、口をぽかんとあけて、アショーカを見た。そして、はじめて恐怖をあらわにした。「仏陀の教えがあるだろう！　人殺しは許されない！」

「そのとおりだ」アショーカはいった。「今後いっさい、人間も生き物も罰するためや生贄《いけにえ》にするために殺してはならないと、余は布令を出す。名を失ったおまえを最後として、今後、なにものも殺されないようにするのが、余のつとめであり、責任である」

アショーカは、剣をふりおろした。

1

現在　十八カ月前
アラビア海上空

「だれにもいうな」アダム・カールトンは、だれにも聞かれていないことをたしかめるために、肩ごしにうしろを見ながらささやいた。「きみをそこに連れてってはいけないことになってる」

　アダムの芝居がかった仕草が見せかけだというのを、ライラ・ダワンは知っていた。マホガニーのテーブルやグッチのロゴ入りのソファがある飛行機の豪華な後部ラウンジにいるのは、ふたりだけだった。二階建て客室《ダブルデッキ》のエアバスA380は、旅客機仕様だと乗客八百人以上が乗れるが、それには百人も乗っていなかった。ほとんどが機首よりの贅沢《ぜいたく》なバーにいて、無料でいくらでも飲めるシャンパンや高価なキャビアのカナッペを楽しんでいる。

ライラは、少数の幸運な客のひとりとして、ザヴィア・カールトンの私有ジェット機に招かれた理由が、いまだにわからなかったが、一生に一度経験できるかどうかというチャンスに跳びついた。しかし、このビリオネアの息子の口説きを何度もあしらわなければならなかったので、やめておけばよかったと思った。とはいえ、アダムのこの誘いには、好奇心をそそられた。

「ということは、貨物室におりていって見られるのね？」ライラはきいた。

アダムがうなずき、百年物のスコッチを飲み干して、身を寄せ、イギリス英語で猫が喉を鳴らすような声を出した。「ブガッティ・シロンを見たことは？」

アルコール臭い息で喉が詰まりそうになりながら、ライラは首をふった。

「世界一速い車だ」アダムがいった。「ぼくが純金の装飾をつけくわえる前でも、価格は三百万ドル。砂漠の道路でどう走るか、試すためにロンドンから積んできた。きみをドライブに連れてくわけにはいかないけど、座席に座ってもいいよ。あんなに柔らかい革には触ったことがないと思うね」

ライラは、あきれて目を剝《む》きそうになるのを我慢した。車などどうでもよかったし、アダムがしじゅう自慢するのが、神経に障りはじめていた。ただ、Ａ３８０の貨物室を見学する機会は、二度とめぐってこないかもしれない。ライラはパイロット・ライセンスを持っていて、カリフォルニア州サンホセで双発プロペラ機を飛ばし、飛行時間六百時間以上を記録している。だから彼女にとって、貨物室を見られるのは、ディズニーランドのバックステージの通行証をもらったようなものだった。ただ、このマスかき男とふたりきりになることだけは、気が進まなかった。

「そそられるお話ね」ライラはいった。「ほかのお客さまも見たいんじゃないかしら」

体を触ろうとしたら撃退できないわけではなかった。アダムは小柄で、かなりたるんだ体つきだし、ライラのほうが背が高く、クロスフィットのレッスンをつづけているおかげで、九〇キロのウエイトをデッドリフトできる。いちばん心配なのは、アダムを怒らせると、彼の父親の会社と今後、契約が結べなくなるかもしれないということだった。

この過度に贅沢な交流イベントに参加している乗客すべてとおなじように、ライラもコンピュータ会社の経営幹部で、これからドバイのテックネクスト展示会を訪れる予定だった。ライラはシンギュラー・ソリューションズの最高技術責任者（ＣＴＯ）として会議に出席し、自社の画期的なパターン認識ソフトウェアを世界中の顧客に売り込むことになっている。これまでに合計五千万ドル相当の契約をものにしていたが、カールトンの巨大メディア企業アンリミテッド・ニューズ・インターナショナルとの取り引きは、比べ物にならないくらい巨額だ。カールトンが契約書にペンをさらさらと走らせるだけで、その数字を倍にできる。

ライラが、ほかの客も呼んだらどうかというと、アダム・カールトンは顔をしかめて座り直した。

「ぼくの車が見たくないのなら、そういえよ」アダムが、むっとしていった。

「いいえ、ほんとうに見たいの」ライラは、にっこりと笑った。立ちあがり、黒いカクテルドレスのスカートをなでた。「早く！　わたしが秘密ツアーをやっているのを、だれかに見つからないうちに」

アダムがにやりと笑い、跳びあがりそうなくらい勢いよく立ちあがった。「ぜったいにがっかりさせないと約束するよ。シロンはきみとおなじくらい美しいんだ」

「案内して」

アダムが小さなエレベーターにライラを連れていって、ふたりは狭い箱に乗り込んだ。エレベーターが下るあいだ、アダムはにやにや笑いながらライラのほうを見あげていた。

「もとからアメリカの生まれ？」アダムがきいた。

「生まれて育ったのはカリフォルニア。親はどちらもニューデリーから来たのよ」

「インドには何度も行った。おやじがムンバイの郊外に別荘を持ってる」

「このイベントに招待してくれたお礼を、お父さまにいう機会がなかったわ」

「あいにく、これには乗れなかったんだ。ドバイで急ぎの用事があって」

エレベーターのドアがあき、アダムがライラを連れて、狭い倉庫に出てから、貨物室に通じるドアを通らせた。そこで目にしたことのせいで、アダムが凍りついた。

広い貨物室には、なにもなく、がらんとしていた。

アダムが、二度あえいでから叫んだ。「ぼくの車はどこだ？　きのうの夜、イギリスを離陸する前に積み込むのを見たんだ！　だれの仕業かわかったら……」

なんの前触れもなく、エアバスが急降下を開始し、ふたりの体が天井に向けて浮きあがった。床から三メートル持ちあがったところで、ふたりは手足をばたつかせた。

そのとき、エアバスが急旋回し、ふたりは床に叩きつけられた。

ライラは腹ばいに金属の床に落ちたが、アダムはそれほど運がよくなかった。車を固定していたはずの支柱に、頭から激突した。

ライラはさっと立ちあがり、アダムのほうへ走っていった。頭のまわりに血がたまっていた。意識を失っていたが、呼吸はあった。

ライラは倉庫内を必死で探し、タオルを見つけて、貨物室に戻った。タオル二枚の上にアダムの頭を乗せ、もう一枚を傷口に当てた。

大声で助けを呼んでも無駄だ。貨物室はキャビンから遠く離れているので、だれにも聞こえない。アダムに手当てを受けさせるには、ここに残して、だれかを呼びにいくしかない。

ライラはエレベーターの前に駆け戻り、それが降りてくるまで、果てしなく思えるあいだ待った。昇りも氷河の動きのようにのろく、胸苦しい思いを味わった。

メインデッキに達すると、後部ラウンジを抜けて、会議室を通り、ピアノバーにはいった。異様なまでに静かだった。理由がわかると、ライラはあえいだ。

乗客は全員、酸素マスクをつけて、座席に座っていた。いずれも目を閉じて、ぐったりしていた。

ライラは、恐怖にかられながら、もっとも近い女に近づいた。女の喉に指を当て、脈が感じられたのでほっとした。ほかの乗客ふたりも調べた。意識を失っているが、みんな生きていた。

パニックを起こしそうになったとき、ひょっとすると、爆発が起きて与圧が落ちたからこうなったのかもしれないと気づいた。不意の急降下は、それで説明がつく。

だが、すぐにその推理を打ち消した。上のキャビンで胴体に裂け目が生じたのなら、凍りつくような風が感じられたはずだし、メインデッキに達したとたんに意識を失っていたにちがいない。

ライラはべつの客室二カ所を調べて、おなじようなさむけをおぼえる光景を目にした。乗客も乗員も、マスクをかけたまま、意識を失っていた。

ライラは大型機に詳しくはなかった。趣味で操縦しているだけだ——それしか趣味はない——仕事のメールが届かないところで、一週間に数時間、ストレスを解消する機会が持てる。もっとありがたいのは、三十一にもなって結婚しないのを、電話で母親に咎《とが》められるのを避けられることだった。

双発プロペラ機のセスナ・コルセアなら、どんな異常があっても察しがつくが、エアバスははるかに複雑な飛行機だった。非常用酸素系統が故障したのかもしれないが、たとえそうであっても、どんな故障なのか見当がつかない。ただ、当然ながら不思議に思ったのは、機内の空気が呼吸に適しているのに、なぜマスクをかけているのかということだった。

ライラは窓から外を見たが、眼下の穏やかな海の上に雲量二くらいの雲が点々とあり、それを通して太陽が輝いているのが見えただけだった。だが、すでにサウジアラビアの砂漠からかなり離れていることは、まちがいなかった。海上では、通常の携帯電話の電波は届かないし、衛星携帯電話を機内で見つけられる確率はかなり低い。コクピットに行かなければならない。パイロットたちがおなじ酸素マスクをかけていたら、意識を失っているかもしれない。だが、メイデイを発信し、地上のだれかに手助けしてもらえるかもしれない。自分の力で着陸させるのは無理でも、最近の操縦装置は高度にオートメーション化されているので、ドバイの航空交通管制の人間に指示してもらい、安全に空港まで戻れるかもしれない。

コクピットのドアへ行くと、閉ざされ、ロックされていた。拳《こぶし》で叩いても、だれも応答しない。必死でひっぱってあけようとしたが、ドアは頑丈だった。9・11同時多発テロ以来、すべての航空機がコクピットのドアを強化し、テロリストがはいり込めないように、パイロットたちが制御する機構を備え付けた。つまり、パイロットたちが操縦能力を失った場合、だれもはいれない。

ライラは、ドアを丹念に見た。赤いライトが横にあるキーパッドを見つけて、それを使えばはいれるかもしれないと気づいた。テロ事件が起きて、パイロットたちが内側から暗証番号を無効にしないかぎり、フライト・アテンダントがそれを使ってコクピットにはいれると、なにかで読んだのを思い出した。

フライト・アテンダント全員がすぐに見つけられるような場所に、暗証番号を書いたものがあるはずだ。ライラは前部調理室《ギャレー》の食料庫を探して、目当てのものを見つけた。キャビネットの扉の内側に、一枚の紙片がテープで留めてあり、六桁《けた》の番号が書いてあった。その上のアラビア語はわからなかったが、これがそうにちがいない。

ライラがその番号をキーパッドに打ち込むと、ビーッという音とともに、ライトがグリーンに変わった。ライラは大喜びで、ドアをさっとあけた。

機長が座席にぐったりともたれ、右こめかみに小さな弾痕《だんこん》があるのを見て、ライラの満足感は消えうせた。

しかし、副操縦士は生きていて、元気だった。副操縦士がふりむき、小さな拳銃《けんじゅう》を向けたので、ライラははっとして、思わず両手をあげた。

「おまえはだれだ?」副操縦士が語気鋭くいった。

「だ……だれでもない」ライラは、口ごもった。「ただの乗客。ライラ・ダワンよ」

「どこから来た?」

「アダム・カールトンと貨物室にいたら、乱気流で揺れて」

「そいつはどこだ?」

「頭をぶつけて、ひどい怪我をしている」

「どうやってここへはいった？」

「暗証番号。紙に書いてあった」

副操縦士が、座席から立ちあがった。「見せろ」

ライラがギャレーに案内し、暗証番号を書いた紙が貼《は》ってあるところを教えるあいだ、副操縦士はずっと拳銃の銃口を向けていた。副操縦士がドアから紙をむしりとり、丸めてポケットに入れた。

副操縦士が拳銃をふって、ライラにコクピットに戻るよう促《うなが》した。ドアを閉めると、副操縦士は座席に戻り、ジャンプシート（折りたたみ式の補助座席）に座るようライラに命じた。

「ベルトを締めろ」時計を見ながら、副操縦士がいった。

ライラは、ほっとして小さな泣き声を漏らした。殺すつもりはなさそうだ。シートベルトをパチンと締めた。

「マスクをかけろ」そばにぶらさがっているマスクを、副操縦士が指差した。

乗客が全員、意識を失っていることを、ライラは思い出した。「なぜ？」

副操縦士が拳銃を持ちあげて、ライラの頭に向けた。

「いうとおりにしろ」

従うしかなかった。この男が引き金を引くのをためらわないことを、機長の死体が物語っている。

ライラはマスクをかけたが、できるだけゆるめにした。

副操縦士がまた時計を見た。「だめだ。もっときつくしろ」

ライラは渋々紐《ひも》を引いて、マスクをしっかりとかけた。たちまち頭がぼうっとしてきた。非常用酸素系統に、麻酔ガスのようなものが仕込まれているにちがいない。

「どうしてこんなことをやるの?」ライラは、マスクをかけたまま大声できいたが、副操縦士は答えなかった。

副操縦士が右を見て、片手で目を覆った。つぎの一瞬、目がくらむような光が、コクピットを照らした。

その直後に、副操縦士はジョイスティック式の操縦桿《かん》を押した。巨大なエアバスが、機首を下げ、急降下をはじめた。

ライラはベルトをはずして、乗客乗員をすべて殺す正気とは思えない行動をとめようとしたが、体に力がはいらなかった。指先の感触がなく、泥酔したように頭がぼうっとしていた。これが悪夢で、現実に起きていないことを願った。

そのとき、風防から前方を見て、エアバスが雲の層から出たとわかった。空は見えない。見えるのは海だけだった。

落ちてゆく。それをとめる方法はない。ありがたいことに、そのときライラの意識は暗闇《くらやみ》に跳び込んだ。

2

現在
イタリア　ナポリ

　主力の従業員はほとんど日没後に退勤したが、モレッティ船舶の広大な造船所には、まだ煌々《こうこう》と明かりがともっていた。アサド・トルカンは、造船所のもっとも淋《さび》しい場所で、外側フェンスのそばにかがんでいた。二夜つづけて偵察して、周辺を監視しているカメラがないことをたしかめてある。警備員は数人しかおらず、予測できるパターンで巡回しているので、侵入のタイミングを計るのは容易だった。

　アサドは、ダッフルバッグを肩にかついで、フェンスをやすやすとよじ登った。レザーワイヤは、革の分厚い溶接保護用ブランケットで防ぐ。フェンスを乗り越えると、アサドはブランケットを引きおろし、黒いカバーオールを脱いで、それといっしょに、積みあげてあるコンテナの下に隠した。カバーオールの下には、モレッティ船舶の現場監督の制服を着ていた。ヘルメットをかぶって、ダッフルバッグを持ちあげ、当番の仕事に向かっているようなそぶりで、ドックに向けて歩いていった。

港湾労働者ふたりのそばを通ったとき、ちらりと見られただけだったので、なんなく目的物まで行けると確信した。アサドは破壊工作員として、イランの情報・国家保安省（ＶＥＶＡＫ）の訓練を受け、サウジアラビア、クウェート、パキスタンで作戦を成功させ、その都度、正体を暴かれることなく逃れた。

茶色の目、黒っぽい髪、太い顎《あご》、ランナーのような引き締まった体格のアサドは、ギリシャ人かイタリア人にまちがえられることが多く、ヨーロッパ文化に溶け込みやすかった。ペルシア語とアラビア語にくわえて、英語にも堪能《たんのう》で、そのほかにも数カ国語がなんとかしゃべれるが、イタリア語はできなかった。造船所でアサドを目にすれば、イタリア人だとだれもが思うだろう。話しかけられたら、アメリカ人の契約社員で、ここで造船されている数多い船の一隻《せき》の建造作業を監督するために雇われたのだというつもりだった。

造船所は広大で、ターゲットがようやく遠くに見えたのは、二十分後だった。全長一二二メートルという比較的小さな貨物船で、翌日に予定されている初航海に向けて、最後の艤装《ぎそう》を行なっているところだった。ふつうの貨物船のように見えるが、目につく特徴がふたつあった。甲板《かんぱん》に大きな白い衛星用アンテナがあり、泡立て器をさかさまに立てたような螺旋《らせん》式風車四基を備えている。この垂直軸型風力タービンは、航海中に予備電力を発電する。

近づくにつれて、船首に描かれた〈コロッサス5〉という文字が見えた。他のコロッサス級船はすでに航海中で、位置は厳重に秘密にされているため、近づくのは困難だった。だから、この船を出航前に使用不能にするしかなかった。近くで建造されている巨大なクルーズ船やパナマックスサイズのコンテナ船と比べると、巨像《コロッサス》と呼べるような外見ではないが、船名は大きさを表わすものではなく、船内の搭載物を示していた。

アサドは、〈コロッサス5〉まで一〇〇メートル以内に近づいたところで足をとめ、あたりを観察した。造船所内の他の船とはちがって、〈コロッサス5〉は外側のフェンスよりもずっと侵入しづらい特製のフェンスに護られていた。ゲートの警備員はサブマシンガンで厳重に武装し、いかにも元兵士という感じだった。それにくわえて、アサドの勘定ではすくなくとも十数人、本職の警備員がドックだけではなく甲板をパトロールしていた。衛星アンテナを破壊するのが、アサドの任務だった。壊れたアンテナを交換するまで、〈コロッサス5〉は数週間、使用不能になる。

乗り込もうとするのは自殺行為だ。任務に失敗するだろうし、自殺するようなことは望んでいない。政府を離れてから、アサドはいまの私的な仕事の成果を楽しんでいたし、長生きしたいと思っていた。だから、正面攻撃は問題外だった。

アサドのいまの目的物は、〈コロッサス5〉そのものではなく、となりのドックの荷役用クレーンだった。

ブームをほぼ直立させれば、三十階建てのビルの高さになるオレンジ色のクレーンは、脚が四本で、モダニズムの巨大なキリンの彫刻のようだった。建築資材を船に積み終えたところで、大蛇なみの太さの滑車ケーブルが、格子状になった鋼鉄のブームを固定していた。

アサドは、〈コロッサス5〉から見えないように、そのクレーンの蔭から近づいていった。階段の一部は〈コロッサス5〉の警備員から見えていたが、気づかれても、検査を行なっている港湾労働者だと思われることを願った。

クレーンのプラットフォームに登ると、アサドはオペレーターがいる運転台を避けて、巨大なモーターや滑車駆動装置を風雨から護っている覆いにはいっていった。ダッフルバッグのジッパーをあけ、遠隔起爆装置を取り付けた成形爆薬三つを取り出した。

爆弾ふたつを、アサドはブームを上下動させる巻き揚げ機を制御するケーブルに取り付けた。そっと覆いの上に出ると、クレーンの倒壊が壊滅的な被害を及ぼすように、伏せたままで、クレーンを安定させるブーム吊《つ》りケーブルに、最後の爆弾を仕掛けた。

アサドは、ダッフルバッグからSIGザウアー・セミオートマティック・ピストルを出して、シャツの下に差し込み、空《から》のバッグは置いていった。爆弾を起爆するときには、造船所から遠く離れているはずだった。

アサドは階段をおりた。コンテナの迷路に戻って姿を消そうとしたとき、港湾労働者ふたりに見咎められた。ふたりが顔を見合わせ、アサドのほうに近づいた。

「おい《エヒ》！　おまえ《トゥ》！」ひとりがアサドに向かって叫んだ。「上でなにをしている？《コサ・スタイ・ファセンド・ラッス》」

アサドにはイタリア語はわからないが、どうしてクレーンに登っていたのかときいているにちがいない。わけがわからないようなふりをして、アサドは自分を指差した。

「おれか？」

がっしりした体つきの港湾労働者が、アサドの前で立ちどまった。「そう《シ》、おまえだ《トゥ》。おまえはだれだ？《チ・セイ》」

「すまない」アサドは英語でいった。「イタリア語はわからない」

港湾労働者の顔が険しくなった。「だれだときいてるんだ。どうしてクレーンに登ってた？　おれの仕事だ」

「そうか！　今夜はもう〈コロッサス5〉の作業は終わりかと思っていた」

「いや、作業はない。おれは今夜、べつのクレーンで作業する」

「それでわかった」

イタリア人ふたりが、早口のイタリア語で話し合ってから、くだんの男が、アサドのほうを向いた。「なにもわかってない。おまえはだれだ？」

アサドは、ふたりに笑みを向けた。「おれはあの船の持ち主に雇われている。このクレーンが事故を起こさないように確認しろといわれた」

「事故？」

「滑車の機構に危険がある。荷役のときにちょっと問題があっただろう」

「危険だと？　危険などない」クレーンを指差して、相棒になにかをいった。若い相棒が、すぐに階段を登っていった。

「もう一度、調べる必要はない」アサドはいった。「おれが確認したから、ぜったいに安全だ」

「妙だな」港湾労働者が、携帯電話を出した。「マネジャーに電話する」

「それには及ばない」アサドはいった。敏捷《びんしょう》な若い港湾労働者は、すでに半分まで登っていた。

「電話する。おまえは見たことがない」港湾労働者は番号を押しかけたが、アサドが手を挙げてとめた。

「待ってくれ。そんなことをされると困る。いまおれが上司に電話するから、話をしてくれ。許可を得ているのを、上司が請け合ってくれるはずだ」

港湾労働者が、怪しむような目を向けたが、うなずいて、携帯電話をポケットにしまった。

アサドは、番号を押しながら、クレーンに登っていく港湾労働者を見つづけていた。その男が滑車駆動装置の覆いのドアをあけたときに、アサドは送信ボタンを押した。

爆弾の起爆装置が三つとも、携帯電話の信号を同時に受信した。すさまじい爆発が、港湾労働者と覆いを引きちぎった。クレーンのブームを支えていたケーブルがたちまち切れて、〈コロッサス5〉めがけて落ちていった。

クレーンのフックが、衛星アンテナのまんなかに命中した。粉みじんになったアンテナの破片が、甲板のいたるところに降り注いだ。突然の衝撃のためにブームが土台からもぎ取れて、格子状の残骸《ざんがい》が甲板に激突し、ゲートを叩き潰し、逃げるのが間に合わなかった不運な警備員を押し潰した。ブームは船体と交差し、そのなかごろでようやく動かなくなった。

非常サイレンが鳴り響き、生存者が残骸に閉じ込められているかどうかをたしかめようとして、男たちが四方からわめきながら殺到してきた。

相棒が巻き込まれて死んだすさまじい破壊の光景を、港湾労働者が啞然《あぜん》として眺めていた。

「だから危険だといったんだ」アサドはそういって、港湾労働者の胸を二度撃った。その男が、愕然《がくぜん》とした顔になり、死んで地面にくずおれた。周囲の騒ぎがすさまじかったので、だれも銃声に気づかず、アサドは任務の最後の目撃者を始末することができた。

大混乱のさなかで、アサドは闇にまぎれ、予定どおりに防護フェンスを乗り越えて逃走した。ようやく無事に造船所の外に出て、車に向けて歩きながら、また電話をかけた。

「おまえか?」すぐさま相手が出た。

「終わった」アサドはいった。「船はしばらく使えない」

「すばらしい。コロッサス・プロジェクトが二週間は遅れる。いつムンバイに帰ってこられる？」

アサドは、時計を見た。任務終了予定時刻と一分の狂いしかない。

「もう搭乗券は持っている」アサドはいった。「午前十時には到着する」

「よし。到着時刻にヘリコプターを発着場に待たせておく。だが、遅れるな」

「それは、おれにどうこうできることじゃない」

「便が大幅に遅れそうだったら、乗らないほうが賢明だぞ」電話の相手が注意した。

「すべてが予定どおりに進んだら、おまえもあすの午後の飛行機には乗りたくないだろう」

3

西インド洋

　水平線に煙が見えたとき、キース・タオ船長は悪態をついた。朝陽に向こうから照らされているところが、赤く輝いている。煙は進行方向にあるが、時間を無駄にはできない。厳しい予定を守らなければならない。しかし、遭難している船を救援することは、国際海洋法で義務付けられている。タオの貨物船が沈みかけている船を避けて航行するのが目撃されれば、答えたくない質問に答えなければならなくなる。

「迂回《うかい》すべきですかね？」副長がきいた。

　遭難している船に乗っている人間に見つからないようにするには、針路変更しなければならず、二時間余分にかかるが、モザンビーク出港が遅れたせいで、スケジュールがすでに狂っていた。

タオが双眼鏡を構えると、貨物船の輪郭が見えた。「この水域からSOSは発信されていたか?」

「いいえ、船長。マリントラフィック（全世界で航行中の船舶の位置データベース）のウェブサイトを確認しましたが、一〇〇海里以内に本船以外の船はいないことになっています」

タオが予想していたとおりだった。タオの船は主要航路からわざと遠ざかっていたので、こんなところで他の船に出会うのは不運だった。

タオは、双眼鏡をおろした。スケジュールを守るには、見られる危険を冒すしかない。「現在の針路を維持しろ」

「アイ、船長」

一時間後、よろめいている船がはっきりと見えるようになった。その状態からして、まだ浮かんでいるのが不思議なくらいだった。

古ぼけた不定期貨物船で、全長は一七〇メートルほどだった。タオの貨物船〈トライトン・スター〉を、遊園地のびっくりハウスの鏡で見ているような感じだった。左に一五度傾き、船体がすこし沈んでいた。触手のような煙が、焼け焦げて黒ずんでいる船体の数カ所から、渦を巻いて昇っていた。

二〇年前には、すっきりした曲線の船体と、タイタニック号を髣髴《ほうふつ》させるシャンパングラスの断面の形をした船尾で、優美に波を切って航海していたにちがいない。だが、いまは、火災で損害を受けていないとしても、これが最後の航海のように見えた。まだらになった黄緑色の船体は、塗装がめくれて錆《さ》びている。船首側のクレーン三基と、煤《すす》けた上部構造の船尾寄りにあるクレーン二基は、いまにも倒れそうなくらい傷《いた》んでいた。無線アンテナは、爆発の破片がぶつかったらしく、まっぷたつに折れている。ひっくりかえったドラム缶や屑《くず》が甲板に散乱し、そのまわりの鎖の手摺《てすり》は、ところどころなくなっている。災難でぼろぼろになった船が、またしても災難に遭《あ》っているような光景だった。

船尾旗竿《はたざお》ではためいているイラン商船旗の下の薄れかけた文字を、タオはかろうじて読むことができた。GORENO《ゴレノ》号。

それで船の状態が納得できた。イラン船籍ということは、世界各地のいかがわしい港を訪れて積荷を受け取る、ブラックマーケット密輸船なのだろう。マリントラフィックのデータベースに記録がない理由も、それで説明がつく。

「船長」副長がいった。「遭難信号を受信しています。かなり信号が弱いです」

「ゴレノ号から?」タオは、ゴレノ号の船橋《ブリッジ》を覗《のぞ》き込んだが、窓が汚れ、ひび割れていて、なにも見えなかった。

「いいえ、救命艇からです。船を捨てなければならなかった、といっています」

ゴレノ号の船首の前を横切ったとき、救命艇が見えた。母船よりもさらにひどい状態がありうるとしたら、まさにそんなふうだった。船体はどこもかしこも焼け焦げ、屋根の一部は抜けていた。航行能力がまったくないようだった。

「スピーカーにつなげ」タオは命じた。

スペイン語のなまりがある英語で、必死に哀願しているのが、〈トライトン・スター〉のブリッジのラウドスピーカーから聞こえた。「われわれの船首方向の船に、こちらはゴレノ号のエデュアルド・バルバネグラ船長。あんたたちに助けてほしい。乗組員とおれは、食料も水もなしで、もう三日も漂流している」信号が弱く、空電雑音がかなり混じっていた。いままで聞こえなかったのは、おそらく交信範囲の狭い低出力の携帯無線機を使っているからだろう。

「応答すべきですかね？」副長がきいた。

タオは、ちょっと考えてから、首をふった。「あのようすじゃ、ほかの船がここを通る前に、死んじまうだろう。このまま進め」

「頼む、助けてくれ！」〈トライトン・スター〉が応答せずに通り過ぎようとすると、バルバネグラがわめいた。「助けてくれたら、ゴレノ号に積んである黄金を分ける。

南アフリカから、二五〇キロ運んできた」

バルバネグラが、助かろうとして情けないことをいったので、副長はあきれて目を剝いた。馬鹿《ばか》にするような薄笑いを浮かべて、タオが双眼鏡で救命艇を見た。汚らしい見かけのブロンド男が、屋根《ルーフ》から姿を現わした。服が汚れ、ぼろぼろになって、顔が煤けていた。疲れ果てたようすで、飲み水がないせいで唇がひびわれていた。右目に襤褸《ぼろ》切《ぎ》れのような眼帯をかけていた。

だが、男が頭の上に持ちあげていたものに、タオの目は惹《ひ》きつけられた。長さ三〇センチの金《きん》の延べ棒だった。

「黄金をどれだけ持っているといっているんだ?」陽光を浴びて輝く金の延べ棒をじっと見つめて、タオはきいた。

「二五〇キロだといってます」副長が答えた。「しかし――」

タオは、この航海の報奨金をどう投資しようかと考えていたので、金の価格を知っていた。現在の価格で、二五〇キロの金は一千万ドルを超える。

タオは双眼鏡をおろして、命じた。「両舷《りょうげん》停止!」

副長が、信じられないという顔で、タオを見つめた。「船長?」

「聞こえただろう」副長が命令に従い、船の速力が落ちた。

「救命艇を用意しろ。あいつらを乗せる」

「船長」命令を伝えてから、副長がいった。「ゴレノ号にそんなに黄金があると、ほんとうに信じてるんですか？」

「じきにわかる。あいつが持ってる金の延べ棒が偽物なら、ひとり残らず殺して、海に捨てればいい。あとはサメが始末してくれる」

「本物だったら？」

「船が沈む前に、黄金がどこにあるのか見つけて運び出す。それから、やつらを皆殺しにする」

タオの計画に感心して、副長がうなずいた。バルバネグラが嘘《うそ》をついていた場合も、そんなに無駄な時間はかからないし、大儲《おおもう》けできるかもしれないから、手間をかけてもいい。

十五分後、バルバネグラとその乗組員が、〈トライトン・スター〉の甲板に昇ってきた。タオは、彼らに会うために食堂におりていった。

バルバネグラと、おなじようなみじめな外見の男たちが、コールドカット（スライスした調理済み肉。ハムやミートローフ、ベーコンなど）・サンドイッチをがつがつと食べ、グラスの水をがぶ飲みしていた。彼らを船に収容するときに、気づかれないようにボディチェックしていた。助けあげるときに、タオの部下がさりげなく体を叩いて調べたのだ。そして、命令どおり武器を隠して、食堂の四方を固めていた。バルバネグラに怪しまれるのは得策ではない。

タオは、金の延べ棒をまだ片手に持っているバルバネグラに近づいた。「おれが船長のタオだ。本船にようこそ」

バルバネグラは長身で、だぶだぶの服のせいで、まるで案山子《かかし》のように見えた。よろよろと立ちあがり、タオの手を握った。「助けに来てくれてありがとう。停船しないのかと思っていた」

「船は捨てられたのかと思った。あんたたちの無線信号が弱くて、やっと受信したんだ。乗組員はこれで全員か？」

「半分だ。あとは火災で死んだ」

「手当ては必要か？」

「いまのところは、食事と水だけでじゅうぶんだ。それよりもっと急がなきゃならない仕事がある」バルバネグラが、金の延べ棒をちらりと見た。「船が沈む前に、残りの延べ棒を回収するのを手伝ってくれるか？　四分の一をそっちに渡す」

どうやら、バルバネグラには、まだ交渉する余力があるようだ。たいした度胸だと、タオは内心認めた。

「おれたちが残らずもらうというのはどうだ?」タオはいった。「あんたは船を捨てたんだし、イラン商船旗を翻《ひるがえ》しているってことは、貨物は密輸品にちがいない。ロンドンのロイズ保険組合に、海難救助料を問い合わせるようなことはしないぜ」

「たしかに」バルバネグラがいった。「しかし、延べ棒はうまく隠してある。船は浸水しているし、十二時間後には海の底だろう。そうなったら、あんたもおれも黄金は手にはいらない」

「ほんとうに黄金かな」タオは言った。ポケットから折りたたみナイフを出して、延べ棒の表面をひっかき、軟らかな金にほそい溝をこしらえた。金メッキでないことはたしかだった。持ちあげて、約一一キロだと判断した。幸運を引き当てた興奮を、タオは押し隠した。

「わかったか!」バルバネグラが、勝ち誇ったようにいった。「おれがいったとおり、本物の黄金だ。ゴレノ号に、おなじやつがあと十九個ある」

「どこだ?」

「取り引きするか?」

一時間以内に皆殺しにするつもりなので、交渉は無意味だったが、タオは渋々折り合うふりをしなければならなかった。

「五分五分」タオはいった。「それがこっちの付け値だ」

バルバネグラが乗組員のほうを見た。全員がうなずいて同意した。

「取り引き成立だ」バルバネグラがいった。巨体の黒人のほうを指差した。「おれの機関長のフランクリンだ。あんたの部下を黄金のありかに案内する」

タオは、救命艇でフランクリンといっしょに行くよう配下六人に命じた。〈トライトン・スター〉には、乗組員八人が残った。バルバネグラの部下はやつれ切っていて、脅威にはならない。

「食事と飲み物は、足りたか?」タオはきいた。

「ああ、ありがとう」バルバネグラがいった。

「それじゃ、回収を見届けられるように、みんないっしょにブリッジに来るといい」

タオは、副長に目配せをした。副長が、返事の代わりに無言でうなずいた。黄金が手にはいったら、武器を取り出す手はずになっていた。そのときのために、捕虜を一カ所に集めておいたほうが都合がいい。

一行がブリッジに行ったときには、救命艇がゴレノ号に近づいていて、すぐに横付けしてエンジンをアイドリングさせ、縄梯子《なわばしご》を手摺に結び付けていた。フランクリンと、タオの配下六人のうちの五人が、甲板に昇っていった。ひとりは救命艇に残った。

フランクリンが指差し、五人とともに上部構造に姿を消した。

ブリッジにいた全員が、黄金のありかに到達したという無線連絡を、無言で待っていた。タオのそばにいたバルバネグラが、がっくりと片方の膝《ひざ》を突いた。顔が真《ま》っ蒼《さお》だったが、片手をあげていった。「すぐに治る。頭がくらくらした。ちょっと待ってくれ」

タオは、簡単な仕事になりそうだと思いながら首をふり、ゴレノ号に目を戻した。

つぎの瞬間、バルバネグラが拳銃の銃口をこめかみに押し付けたので、タオは肝を潰した。ゴレノ号のあとの四人が、ブリッジの乗組員を制圧し、ウェストバンドから拳銃を奪った。電光石火の早業《はやわざ》だったので、抵抗できたのは副長だけだった。喉に空手チョップを食らって、副長が気絶した。あとの乗組員は、銃口を向けられて、降伏のしるしに両手をあげた。

ジップタイで乗組員が手足を縛られたとき、タオはあえぐようにいった。「なんのつもりだ？」

「黙れ」バルバネグラがいった。なまりは消えていた。部下のひとりに向かっていった。「マクド、こいつらを拘束したら、捕えそこねたやつがいないかどうか、チームに船内を捜索させろ」

「アイ、会長」やつれて疲れ果てていたはずの男が、急に力を盛り返したようだった。会長と呼ばれた男が、だれにいうともなくつぶやいた。「こっちは占領確保した、マックス。やつらをやれ」

タオはうしろで手を縛られたが、ほかの乗組員とはちがって、床に押し倒されはしなかった。見ていると、ゴレノ号に乗り込んだ配下が、両手を高くあげて、上部構造から出てきた。自動火器を持った男や女に伴われていた。救命艇に残ったひとりも、銃を向けられて、捕虜になった。

「よくやった、みんな」会長がいった。「一発も撃たずにすんだ」タオから離れて、めくってあったズボンの裾《すそ》を引きおろした。バルバネグラと名乗ったその男が義肢をつけていて、それに隠し場所があるのを、タオは見てとった。会長が隠し場所を閉めた。

タオは口をぽかんとあけて、自分の船をあっさりと乗っ取った男の顔を見た。「おまえたちは何者だ?」

「わかりきっているじゃないか」会長と呼ばれた男が、顔いっぱいに笑みをひろげ、眼帯を取って、スカイブルーの右目をあらわにした。「義肢に眼帯だぞ。海賊だと気づかないとは、うかつだったな。まして、おまえは密輸業者なんだから」(エデュアルド・バルバネグラを英語に訳すと、〝エドワード黒髭〟。）
名高い海賊黒髭エドワード・サッチのこと

「な……なにをいってるのか、さっぱりわからない」タオがしどろもどろでいった。

「おまえの秘密の積荷がなにか、われわれは知っている」会長はいった。「どこにあるかは知らない。それに、この船はかなり大きい。だから、タオ船長、教えてくれ。化学兵器はどこに隠してあるんだ？」

4

アサドの一卵性双生児の弟、ラスル・トルカンは、難破しかけているように見える貨物船の甲板で、武装した男女がタオの配下を制圧して歩かせているのを、〈トライトン・スター〉の舷窓から眺めた。もうじきここにも捜しにくるはずだ。一分以内に身を隠さないと、作戦は完全な失敗に終わる。

ぜったいに見つからないと確信できる場所が、船内に一カ所だけある。日中に姿を見られずにそこへ行くのは、かなり難しいが、ラスルにはそれをやる技倆《ぎりょう》があった。ラスルとアサドは、ともにイランの秘密情報機関でのしあがった。ふたりとも競争心が旺盛《おうせい》だったので、競い合ってＶＥＶＡＫで最高の諜報員《エージェント》になった。アサドは破壊工作が専門だが、ラスルは暗殺に秀でていて、政府の工作員だったころに十五人をみごとに暗殺した。ふたりとも官僚機構と課せられる制約に嫌気が差し、辞職して自分たちだけでやることにした。二人組で任務をやることもあれば、単独でやることもある

――今回はたがいに補足し合う任務だった。

ラスルは、〈トライトン・スター〉ではただの乗客だった。タオがそのうちに口を割って、存在をばらすかもしれないが、船を乗っ取った連中が乗組員名簿を見ても載っていないので、すぐに捜索されるおそれはない。ラスルは乗組員ふたりと船室を共用していたので、自分の持ち物を乗組員の持ち物にまぎれ込ませた。そのうちにばれるだろうが、じゅうぶんに時間を稼げるかもしれない。

二層下まで階段をおりて、露天甲板に通じる水密戸《ハッチ》を通るときに、うしろで足音が響いた。ラスルは隔壁に体を押し付け、だれかが現われたら口を封じる構えをとった。だが、男たちは下の甲板を目指して、階段をさらに下っていった。

ラスルの目的の場所は、コンテナの最後の列だった。その手前には、コンテナと上部構造を隔てる空間があり、数秒のあいだ姿を隠せなくなるが、危険を冒すしかなかった。ラスルは身を低くして、カニ歩きでコンテナの山の蔭にはいった。

サイレンも叫び声も聞こえない。見られずにすんだのだ。

ラスルは進みつづけ、〈トライトン・スター〉の船尾近くの冷蔵コンテナに達した。完全にありきたりのコンテナのように作られている。そう見えるように作られている。積荷目録によれば、五段積みあげたコンテナの最下段にあるこの冷蔵コンテナには、インド市場向けのモザンビーク産オレンジ、レモン、ミカンが満載されていることになっている。積まれている千台以上のコンテナのなかで目立つような特徴はなにもない。たとえあけられたとしても、検査官には、奥行き一二メートルのコンテナの手前六メートルに積まれた果物の木箱しか見えない。しかし、奥の隠された部分は、べつの役割を果たしている。

ラスルが角から覗くと、水面の向こうにゴレノ号の船尾が見えた。傾いていた船体が、着実に姿勢を回復している。損害のひどさからして、ありえないことだった。船体から立ち昇っていた煙の触手も消えている。

〈トライトン・スター〉を手際よく乗っ取る計画を立案した技倆からして、行き当たりばったりの乗っ取りではないだろうと、ラスルは確信した。それに、主航路からかなり離れているので、偶然の出来事とは思えない。

ゴレノ号は、目的があって〈トライトン・スター〉に対する阻止行動《インターセプト》を行なったのだ。彼らの狙《ねら》いがなにか、ラスルは知っていた。

ラスルは、強化構造のコンテナの表面を手で探った。隠しボタンを指で押すと、コンテナの側面の一部がスライドしてあいた。そっとなかにはいったラスルは、うしろのボタンを押して、あいた部分を閉めた。スイッチをはじくと、ハロゲンライトがついた。

冷蔵コンテナの内部は、除染室に改造されていた。向かいの壁の大きな赤いボタンを押すと、ライトが赤に変わり、天井のノズルが、神経剤の粒子を無害化する濃縮次亜塩素酸イオン溶液を注ぐ仕組みになっている。除染手順が終わると、ライトがグリーンになり、除染室の奥のドアを通ることになる。

ラスルは、〈トライトン・スター〉に乗った最初の晩に、好奇心にかられた乗組員に中身を調べられるおそれがないように、ダッフルバッグをこのコンテナに持ってきた。乗組員は、金を払って便乗している乗客だということしか聞かされていない。コンテナ二台が目的地に届けられるまでラスルが付き添うのを知っているのは、タオだけだ。

冷蔵コンテナの半分は凍えそうな温度に冷やされていたが、熱帯の蒸し暑さのなかでも、奥の区画はエアコンで快適な摂氏二〇度に保たれていた。空気は医療機器なみのフィルターで浄化されている。

ラスルはしゃがんで、持ってきた武器二挺《ちょう》、四〇口径のグロック・セミオートマティック・ピストルと減音器付きのヘッケラー&コッホG36アサルト・ライフルに、弾薬をこめた。

銃器の横には、金属製のケースがあった。それをあけると、くり抜かれた緩衝材に円筒形の装置がぴたりと収まっていた。炭酸飲料の缶ほどの大きさで、上に金属製の取っ手があり、下に小さな噴出口があって、正面にはタッチパッドが備わっていた。

ラスルは、ダッフルバッグのジッパーをあけて、任務に必要な最後のものを取り出した。

軍用のガスマスクと、密封式のコンバットスーツ。放射性物質と生物・化学兵器による汚染を防ぐためのもので、ふつう、ＮＢＣスーツと呼ばれている。イラン革命防衛隊の標章付きで、砂漠用迷彩だった。

ラスルは、装備を点検し、すべてが機能することを確認した。思ったよりも早く使うことになりそうだ。

床に座り、携帯電話の暗号化メール・アプリをクリックして、〈トライトン・スター〉の船内ＷｉＦｉに接続した。

問題が起きた、とメールした。

あっというまに応答があった。**異変が起きたのは察した。船がとまったのに気づいた。連絡して理由をきこうと思っていた。**

ラスルのボスは、ＧＰＳを使って〈トライトン・スター〉の位置を監視していた。

ＧＰＳは、トランスポンダーを備えている船の位置を詳細に把握できる。

一隻の船が阻止行動を行ない、乗り込んできた。

軍か？

民間の貨物船。ゴレノ号。

神経剤を積んでいるのを、知っているのかもしれない。

いま発射すべきか？

間があった。**しかし、いまは射程外だ。**

では任務中止か？ 兄が任務に成功したことを、ラスルはすでに知っていたが、大義のためには、ラスルの作戦もおなじくらい重要だった。

また間があった。**いや、ターゲットを変更しても、目標を達成できるかもしれない。**

おれへの命令は？ と、ラスルはメールを書いた。

まだ神経剤を使って立案したとおりに任務を実行できるか？

装置はひとつしかない。ラスルは円筒形の容器を見た。予定では乗組員全員を抹殺するために、〈トライトン・スター〉の空調装置の空気取入口近くに散布装置を設置することになっていた。だが、それができないので、神経剤をじかに浴びせるしかない。

しかし、それが可能な高い場所に散布装置を仕掛けるのは無理だ……。

そのとき、ラスルは海上救難訓練を思い出した。〈トライトン・スター〉には、神経剤を空中に噴射する手段がある。

ひとつ方法がある、とラスルは答えた。

よし。一時間後に、計画どおり進める必要があるかどうかわかる。進める場合は、発射過程を起動してくれ。任務を完了したら報せろ。ヨットを迎えに行かせる。

了解。

いいか、逃げるときに姿を見られてはならない、と相手が答えた。**やつらを皆殺しにするのに必要なものを、おまえは持っている。**

5

船長室から〈トライトン・スター〉のブリッジにはいったとき、ファン・カブリーヨは、別人になっていた。スポーツマンらしい体格を隠していた、だぶだぶの服と、難破船の生存者らしいげっそりした顔のメイキャップは、跡形もなかった。髭《ひげ》をきれいに剃《そ》り、救命艇に隠してあった薄手のポロシャツと黒いカーゴパンツを着ていた。海賊エデュアルド・バルバネグラという分身と共通する特徴で、いまなお残っているのは、青い目と右の義肢だけだった。何年も前に中国の駆逐艦との戦いで右脚の膝から下を失ってから、カブリーヨは義肢のお世話になっている。

　ＣＩＡに仕事を依頼されたのがわずか二日前だったにもかかわらず、〈トライトン・スター〉乗っ取り作戦をチームがとどこおりなくやってのけたのが、カブリーヨには誇らしかった。この任務では、一時的にＧＯＲＥＮＯ《ゴレノ》号と名乗っているが、ほんとうの船名はＯＲＥＧＯＮ《オレゴン》号だった。モルジヴで補給しているときに、連絡がはいり、オレゴン号はインド洋に急行して、〈トライトン・スター〉に対する阻止行動を行なう位置についた。カブリーヨたちは、任務を引き受けるのに都合のいい場所に、都合のいい時間にいただけではなく、これをやることができる世界で唯一の精鋭チームだった。

生粋《きっすい》のカリフォルニア人のカブリーヨは、ほとんどビーチで育ったようなもので、つねに大海原に憧憬《しょうけい》を抱いていた。カブリーヨが創りあげたオレゴン号は、目立たず、無視され、避けられて、世界のどこへでも行ける、スパイ船だった。CIAの現場工作員だったカブリーヨは、アメリカ政府の堅苦しい官僚機構の外で機能できる組織が必要だと気づいていた。CIAを去ったカブリーヨは、〈コーポレーション〉という民間企業を結成した。〈コーポレーション〉は、実行能力がないか、あるいは説得力のある関与否定が不可能なためにCIA自体には実行できないような任務を引き受ける。元軍人や元CIA諜報員《ちょうほういん》を中心とする乗組員は、かなりの報酬を受け取るが、きわめてリスクの大きい仕事で、オレゴン号はこれまでに何人も失ってきた。〈コーポレーション〉は、危険な水域での海上油田警備や、誘拐されたVIPの救出といった、企業や外国政府の仕事もやるが、従来の意味での傭兵《ようへい》ではない。オレゴン号では全員がアメリカの愛国者だし、〈コーポレーション〉会長のファン・カブリーヨは、アメリカの利益になる任務のみを引き受けるように徹底している。〈トライトン・スター〉乗っ取りは、まちがいなくその条件を満たしている。

ブリッジには、ほかにエリック・ストーンがいるだけだった。エリックはオレゴン号の凄腕《すごうで》の操舵員《そうだいん》で、もとは海軍士官だった。海軍にいたときにはテクノロジー開発で、天才的な手腕を発揮した。オレゴン号の最年少の乗組員でもある。穏やかな茶色の目とやさしい物腰の完璧《かんぺき》なコンピュータおたくで、熱心なゲーマーだが、女性に対してはすこぶる内気だった。仕事は保守的かつ几帳面《きちょうめん》にこなし、いつも黒縁の眼鏡をかけ、ブルーのオックスフォードのシャツとチノパンを身につけている。だがいまは、〈トライトン・スター〉に救助された乗組員の役を演じていたので、破れたジーンズに汚れたTシャツという格好だった。

カブリーヨは、にやにや笑いながら、エリックにいった。「これからもそのホーボー・スタイルにするのか？」

「すみません、会長」エリックが眼鏡の位置を直し、顔をしかめて自分の服を見おろした。「着替える時間がなくて」

「早く着替えたほうがいい。その格好に慣れてしまうかもしれない」

「それはないと思いますよ。でも、積荷目録を早く見たかったんです」

カブリーヨは、ブリッジのコンピュータ端末の前にいるエリックに近づいた。画面にデータがびっしりとならんでいた。「なにか使えそうなものはあるか？」

「すこしは。〈トライトン・スター〉は千二百四十七台のコンテナを積んで、モザンビークのナカラから、インド南西部のコーチに向かっていることになってます」

「なっている？」

「ファイルに秘密の積荷目録が隠されているのを見つけました」エリックが、画面を切り換えた。「この目録では、千二百四十九台です」

「予想どおり、二台が余分だ。どれだかわかるか？」

エリックが、首をふった。「そう簡単ならいいんですが。データ・ファイルをざっと比較したけど、問題のコンテナはうまく偽装されてます。ひとつひとつ人手で調べるしかないでしょう」

「あるいはタオ船長に、どれだか教えるよう納得させる」

「訊問《じんもん》するんなら、もうひとつべつのことをきいたほうがいいかもしれません」

「なんだ？」

「コーチに着く前に、予定にないところに寄る理由です」

「どこだかわかっているのか？」

「〝J〟島としか書いてないです。でも、インド本土の西のラクシャディープ諸島のどこかみたいです。ぼくたちを救うために……つまり、金の延べ棒のために停船する前の、〈トライトン・スター〉の針路と一致します」

金の延べ棒は、〈コーポレーション〉が物々交換や必要な装備を購入するときの闇取り引きに使えるように、オレゴン号に積んでいる財物のひとつだった。さまざまな国の通貨数十万ドル相当、出所をたどられないダイヤモンド少々、クルーガーランド金貨数十枚もあるが、金の延べ棒はその一本だけだった。タオが海洋法を顧みずに通過しようとしたときに、格好の餌《えさ》に使えるはずだというカブリーヨの読みは正しかった。

そのとき、大きなダッフルバッグを肩にかついだエディー・センが、水密戸の前に現われた。中国系アメリカ人で陸上作戦部長のエディーは、カブリーヨとおなじ元CIA工作員で、中国本土に潜入し、長年にわたりスパイ活動を行なっていた。痩《や》せた筋肉質の体つきで、海兵隊も是認しそうなくらい短く髪を刈っていた。

「会長、〈トライトン・スター〉の乗組員は全員捕まえました。オレゴン号に乗り込んだやつらは武装解除し、食堂で見張らせています」

「それじゃ、きみといっしょにタオ船長と話をする潮時だな」そういってから、カブリーヨはエリックのほうを向いた。「でかした、ストーニー（エリックの綽名）。オレゴン号に横付けして船体を固定し、通板《みちいた》を渡したら、またファイルを調べて、コンテナと目的地を突き止めてくれ」

「アイ、会長。通板のそばに除染ステーションを設置させます」

「必要にならないといいんだけど」エディーがいった。

「備えあれば憂いなしだ」カブリーヨはいった。「今回は、死ぬより生きるほうがまし、ということだな」

三人はブリッジを出て、食堂へ行った。タオと乗組員八人が、うしろで手首をジップタイで固定されていた。彼らから奪った武器が、角のテーブルに置いてあった。

武装したオレゴン号の乗組員三人が、メアリオン・マクドゥーガル・〝マクド〟・ローレスの指揮で、その九人を見張っていた。ルイジアナ州出身で元陸軍レインジャー隊員のマクドは、彫像のような体格、角張った顎、まぶしいくらいの美男子という、ハリウッド映画に登場する特殊部隊隊員そのものの風貌《ふうぼう》だった。

「駆り集めるのに問題はあったか？」カブリーヨは、マクドにきいた。

マクドがにやりと笑って、捕虜のひとりを指差しながら、ねばっこい南部なまりで答えた。「機関長のやつが、ちっとばかりあきらめが悪かった。おれっちに向けて、でたらめに一発撃ちやがった――信じられませんよね。だけど、おれっちがあきらめさせた。左右の耳すれすれに一発ずつ撃って、こんどは額《ひたい》のどまんなかを撃つぞっていったんですよ」

マクドがその話をするあいだ、機関長はガタガタふるえていた。頭から数センチのところを弾丸がうなりをあげて飛ぶ音が、いまだに耳に残っているようだった。

「この分なら、もう面倒は起こさないだろう」カブリーヨはいった。「エディーとわたしが船長とおしゃべりするあいだ、こいつらを見張っていてくれ」

エディーがタオを立たせ、カブリーヨのあとからとなりの娯楽室にはいっていった。船長を椅子《いす》に座らせ、ダッフルバッグを床に置いた。

カブリーヨは、タオの向かいに座り、目を合わせた。先ほどは自分が優位に立っていると思って威張り腐っていたタオが、いまは罠《わな》にかかったウサギみたいな顔をしている。

カブリーヨは、しばらくタオを睨みつけてからいった。「神経剤はどこだ?」

タオが目をぱちくりさせて見返したが、なにもいわなかった。

「だれかを怖れているみたいだ」エディーがいった。

「わたしのことを怖れたほうがいい」カブリーヨはいった。タオのほうへ身を乗り出した。「おまえはわたしのことを知らない。しゃべったら雇い主にどんな仕打ちをされるかと怖れているのかもしれないが、こっちの聞きたいことをいわなかったら、サメがうようよいる海にほうり出されるかもしれないと思ったほうがいい。わたしはそういう人間かもしれないんだ」そうではなかったが、タオにそう思わせたほうが便利だった。

カブリーヨは座り直し、話をつづけた。「こっちが知っていることをいおう。そうしたら、おまえは知っていることをいえばいい。それなら公平だろう？」

タオがまた目をぱちくりさせた。唇もすこしふるえているようだった。

「賛成してくれてよかった」カブリーヨはいった。「われわれはＮＵＭＡ——国立海洋海中機関というアメリカの政府組織の人間だ。聞いたことがあるだろう？　まあいい。ＮＵＭＡはノヴァヤゼムリャ付近の公海で沈没した船を潜水調査していた。なにが目的だったか、知っているな？」

「知らないと思いますよ」

「知らないかもしれない」カブリーヨはいった。「それがどれほど危険であるかを知っていたら、欲にかられてこの仕事を引き受けはしなかっただろう。新人《ノヴィチョク》と呼ばれるもので、あるロシア人が発明した。まあ、それは聞いたことがないかもしれないが、

ＶＸ神経ガスなら知っているだろう」

反応があった。タオが眉根《まゆね》を寄せたので、カブリーヨは説明をつづけた。

「ＶＸは、人間に対する殺傷力がもっとも強い物質だと考えられていた。事実そうだったのだが、それはソ連がこの新型のノヴィチョクを開発するまでの話だ。ノヴィチョクの威力はＶＸの十倍だともいわれている。ＶＸは無色無臭のガスだが、ノヴィチョクは空中を舞う細かい粒子として散布される。それがひとつでも皮膚に触れたら、一分以内に死ぬ。それも生易しい死に方ではない。筋肉が収縮してちぎれ、動けなくなって、肺に水が溜まる。一滴の水に触れることもなく、文字どおり溺死《できし》する」

タオがようやく、耳障りな声でいった。「それがおれとどう関係がある？」

「ＮＵＭＡが調査した沈没船だよ。沈んだときに、ノヴィチョクを積んでいたはずだった。だが、ＮＵＭＡは船内でそれを見つけられなかった。そこで船の航路を逆にたどり、最後に寄港したモザンビークのナカラで、空き倉庫を見つけた。ラスルという名前で知られている暗殺者が、倉庫にはいっていったモザンビークの警官ふたりを殺した。死ぬ前に警官たちは、倉庫内にコンテナが三台あると無線で報告していた。ラスルが消えたあとで警察が見つけたのは、〝農機〟と記された空のコンテナ一台だけだった。あとの二台を〈トライトン・スター〉に積み込む仕事を、おまえが巨額の報酬で引き受けたと、われわれは確信している。出航前におまえがラスルといっしょにいるのを、CIAの人間が写真に撮っているからだ。つまり、おまえは殺人の共犯で、国際社会が違法としている化学兵器の密輸業者でもある」

エディーが、哀れむように首をふった。「現地で死刑になるのは免《まぬが》れないようだな」

「モザンビークでは、まちがいなく死刑になる。だが、引き渡す前に、ここからそう遠くないディエゴ・ガルシアの収容所に入れられる。CIAはおまえを訊問できるのをよろこぶだろうし、おまえの船を徹底的に調べてから、公判のためにモザンビークに送還するだろう」

現在位置から三五〇海里南東のディエゴ・ガルシアは、アメリカ本土からもっとも遠く離れた空軍・海軍基地で、海兵隊海外遠征軍の中間準備地域でもある。そこに配置された長距離爆撃機は、中東のすべての国に到達できる。離島なので、テロリスト容疑者を詮索《せんさく》の目の届かないところに隔離できる。〈トライトン・スター〉と乗組員を引き取るために、有害物質《HAZMAT》チームとCIA要員を乗せた駆逐艦一隻が、その海軍基地からこちらに向かっていた。

「おまえの手助けがあってもなくても、われわれはこれをやる」カブリーヨはさらにいった。「さて、CIAに朗報を伝えるとするか――」

タオが、激しくうなずいた。「ああ、受ける」

「なにをだ？」

「取り引きだ。ノヴィチョクとかが、それほど恐ろしいとは知らなかったし、刑務所には行きたくない。それに、ラスルは無気味なやつだ。殺人鬼だ。目を見ればわかる。なにが知りたい？」

カブリーヨはエディーの顔を見た。エディーはびっくりして両眉をあげた。カブリーヨもエディーも、もっと手間取るだろうと考えていたのだ。

「取り引きしてくれるだろう？」哀願する目つきで、タオがいった。

「完全に自由になるとは約束できないが、協力すれば、結果はだいぶちがってくるだろう」

「わかった。それでいい。それはそうと、武器は自衛のためだ。あんたや部下に危害をくわえるつもりはなかった。誓う」

「まあそうだな」カブリーヨはいった。「で、コーチへ行く前に、どこに寄るつもりだった？」

「ジュータ島だ」

「そこにコンテナを届けることになっていたのか？」

「そうだ」

「受取人は？」

「知らない。おれたちは月に一度、そこへ行く。栈橋《さんばし》に係留し、コンテナを一台か二台おろし、何台か受け取って出港する。乗組員はひとりも船を出ないから、島の人間がコンテナをどうするのかは知らない。おれはただの配達人だ」

カブリーヨは、タオのほうへ身をかがめた。「だが、どのコンテナかは知っているんだな？」

タオがうなずいた。

「そこへ案内しろ」

カブリーヨがうなずくと、エディーがダッフルバッグのジッパーをあけて、米陸軍装備のNBCスーツとマスクを出した。ひとそろいをカブリーヨに渡した。カブリーヨがそれを服の上に着て、縫い目をテープで密封した。

カブリーヨの用意ができると、エディーがNBCスーツを着た。その間、カブリーヨはタオを見張っていた。

「ちょっと待ってくれ」タオが、不安げな顔でふたりを見た。「おれの分は？」

カブリーヨは、ダッフルバッグに手を突っ込んで、たたんであるオレンジ色のHA

ZMATスーツを出した。カブリーヨたちのNBCスーツよりもかさばり、ゆるめにできていた。手袋ではなく、使いにくそうなミトンだった。

「これか?」タオが文句をいった。「そっちのほうがいい」

「それか、なにも着ないかだ」

タオが、HAZMATスーツに足を入れて、もぞもぞと着た。「これでほんとうに保護されるのか?」

エディーが、カブリーヨのほうを見て、肩をすくめた。

「そう願うんだな」カブリーヨは、タオにそういった。「念のために着るんだよ。だれかがコンテナに神経剤をわれわれに散布するような仕掛けをしていた場合に備えて」

「ノヴィチョクのことはなにも知らなかったといっただろう。自分の船でそんなことをさせるほどいかれちゃいない」

「説得力がありますね」エディーがいった。

「嘘だったら、海に投げ込まれてサメの餌になるとわかっているからな」カブリーヨはいった。

タオが、無言でHAZMATスーツを着終えた。タオがスーツにすっぽりとくるまれると、カブリーヨは苦笑をこらえられなかった。まるで交通整理に使うコーンみたいだった。いっぽう、カブリーヨとエディーは、世界的パンデミックが題材のホラー映画の登場人物そのものの姿だった。

カブリーヨとエディーは、タオに拳銃の狙いをつけた。

「先に行け」カブリーヨはいった。「見ればわかるだろうが、馬鹿なまねをしたら撃ち殺す」

タオがうなずいたようだったが、HAZMATスーツのせいでよくわからなかった。タオが先に立って甲板へおりていった。ギラギラ照りつける太陽のせいで、三人ともスーツがたちまちサウナになった。三人は船尾に向けて歩き、五段に積まれた冷蔵コンテナの最下段の白いコンテナを、タオが指差した。

「これにまちがいないな?」カブリーヨはきいた。

タオがうなずいた。「もう一台はもっと船尾寄りにある」

エディーは、コンテナのそばのクレーンを見て、眉をひそめた。「ジュータ島でおろすつもりなら、いちばん上に積めばいいのに、どうしてそうしなかったんだ?」

タオも、合点がいかないようで、首をふった。「ラスルの指示だった。おれはわけをきかなかった。金をもらって、やれといわれたことをやるだけだ。それに、やつらは大金を払ってくれる」

カブリーヨは、ノヴィチョクを押収してから、〝やつら〟が何者かを突き止めようと、頭にメモした。

コンテナの扉には、頑丈な南京錠《ナンキンじょう》がかかっていた。エディーが折りたたみ式のボルトカッターで、掛け金を切った。

カブリーヨは、扉のほうを顎で示し、エディーとともに脇《わき》に離れた。

「おまえがあけろ」カブリーヨはタオにいった。

「おれが？」

「なかになにがあるか、わからない」

「おれだってわからない」タオが反論した。

カブリーヨは黙っていた。ただ拳銃を構えた。エディーがフラッシュライトを用意した。

タオがレバーを引いて、扉をぐいとあけてから、よろよろとさがった。コンテナのなかを見て、唖然と口をあけた。

「どうした？」カブリーヨはきいた。

「おれのせいじゃない！」タオがうめいた。「ラスルが嘘をついた。ジュータ島に運ぶのはこのコンテナだと、ラスルにいわれた」

カブリーヨとエディーは、いつでも撃てるように拳銃を構えて、あいた扉に用心深く近づいた。タオがなにを見ているかがわかると、拳銃をおろした。

奥行き一二メートルのコンテナは、空っぽだった。

6

マックス・ハンリーは、見晴らしのいいブリッジの張り出しに陣取り、停止している〈トライトン・スター〉にオレゴン号がじわじわと接近するのを見守っていた。捕らえた乗組員と彼らを見張っている数人が、下の甲板でその操船を観察していた。風はなく、太陽が容赦なく照りつけていた。飲みかけのコーヒーカップや吸殻が散らばる汚いブリッジには、いつもどおりだれも詰めていない。マックス独りが、左舷に近づく貨物船に注意を集中していた。ふつうなら、海上で貨物船二隻が横付けするのは、波や風のない穏やかな日でもきわめて危険だが、オレゴン号は並みの船とはちがう。それどころか、どんな船ともちがっている。

機関長で〈コーポレーション〉社長のマックスは、それをよく知っている。マックスはファン・カブリーヨの親友で、右腕でもある。かつてベトナム戦争では高速艇を指揮し、オレゴン号では最年長の乗組員で、禿《は》げた頭を赤茶けた灰色の髪が囲んでいる。目のまわりの皺《しわ》は深く、サンタクロースもうらやむような太鼓腹だった。〈コーポレーション〉結成のときにカブリーヨがまっさきにマックスを雇ったのは、船舶工学の経験が豊富で、オレゴン号のような異色の船の図面を引けるからだった。

二隻の距離が約一〇メートルになると、マックスが無線で伝えた。

「そこでとめろ、リンダ」

「とめるわ」と応答があった。オレゴン号の動きがとまった。

「この距離で固定しろ」

「固定した」

オレゴン号と〈トライトン・スター〉は、これからずっと、その間隔をぴたりと維持することになる。複数の光探知《ライ》・測距《ダー》装置センサーが、レーザー・パルスを発して、二隻の精確な距離を測り、オレゴン号を安定させるために推力装置《スラスター》を微調整する。

「通板をおろす準備ができた」マックスはいった。

「マーフィーがそのためにそっちへ向かっているはずよ。まだ来ていないの？」

足音がうしろから聞こえ、マックスがふりむくと、マーク・マーフィーが外階段を昇っていた。

「いま来た」マックスは、無線で伝えた。

「寄り道したにちがいない」

「そうだよ」〈レッド・ブル〉の缶を片手に、タブレット・コンピュータを反対の手に持って、マーフィーが階段の上に来た。「栄養補給しないといけなかった」エナジードリンクを飲み干すと、空き缶をブリッジに投げ捨てた。床に散らばるゴミがひとつ増えた。

ぼさぼさの黒い髪、スケートボーダーらしい貧弱な顎鬚《あごひげ》、黒ずくめの服装を好むとは、二十歳で最初の博士号を得たマーフィーのとてつもなく鋭い知力を隠している。以前は軍需産業の兵器設計者で、いまはオレゴン号の砲雷長をつとめている。軍隊もCIA勤務も経験していない、唯一の乗組員だ。ふつうではないことをやるのが大好きで、着ているTシャツがそれをよく表わしている。だれも聞いたことがないヘビメタ・バンドのバンド名か、不遜《ふそん》な言葉が描かれている。きょうのTシャツには、〝おれ？　皮肉っぽい？　ありえねえ〟とあった。

「カフェインのほかにも食品群はあるんだぞ」マックスが、自分の体重の半分もなさそうな、ひょろひょろした体つきのマーフィーをさとした。

「はいはい！　ナチョス、ピザ、チーズバーガーがべつの食品群だよね？」マーフィーが、口をゆがめて笑った。「ちょっと待った。ドク・ハックスリーに食べるのを禁じられてるから、思い出せなかったんじゃないの？」

ジュリア・ハックスリーは、オレゴン号の医務長で、マックスを食べ物のことでいじめていると思われている。ごまかそうとしたら報告するようにと、シェフに命じているのが、マックスは口惜《くや》しくてたまらない。

「おれの遺伝子が優秀だといっても、先生《ドク》は信じないのさ」マックスはいった。「ハンリー家の人間は、運動しなくても健康でいられるんだ。じいちゃんはブリトーとタコスだけ食って、九十八まで生きた」

マーフィーが笑った。「その話をするたびに、じいちゃんの齢が増えてるよ。そのうちに、バターをしこたま食べてテキーラを飲んで、百四十歳まで生きたことになるんじゃないの」

マックスは、マーフィーの陽気なからかいを、手をふって斥《しりぞ》けた。「仕事をやる準備はできてるのか？　さもないと大量のペペロニを持ってこさせるぞ」

「ロケットみたいに燃料満タンだよ。やろう」

マーフィーは、手にしたタブレットと下の甲板を交互に見て、障害物がないことをたしかめながら、キーを叩いた。

甲板の一部のパネルがスライドし、アルミ製の通板がその穴から垂直に出てきた。

収納部から通板が完全に出ると、〈トライトン・スター〉のほうに九〇度折れた。それから、入れ子式の部分がのびて、二隻のあいだの空間を越え、〈トライトン・スター〉の手摺に載った。つづいて両端から二隻のそれぞれの甲板に向けて、梯子がおりていった。

「通板連結」マーフィーがいった。

「よし、〈トライトン・スター〉の乗組員を向こうに戻せ」マックスが、無線で見張りに命じた。

「了解した」応答があり、捕虜たちが促されて通板にあがった。

リンダが、無線で呼びかけた。「マックス、そっちの作業は終わったし、あなたとマーフィーにこっちで見てもらいたいものがあるの」

「よろこんで」マックスは答えた。「すぐに行く」マーフィーに向かっていった。「なかにはいろう」

ふたりは数層下におりて、リノリウムが欠け、壁が汚れて、蛍光灯がついたり消えたりしている廊下に出た。船長室と、悪臭が漂う汚い船長専用便所の横を通った。第三世界の鍛えられた港長ですら、数分で検査をあきらめて逃げ出すほどひどい。

マックスが、清掃用品置き場のドアをあけた。未使用の清掃用品が詰め込まれ、流しには得体の知れないどろどろしたものがこびりついている。ダイヤル錠をまわすような感じでカランをひねると、低いカチリという音とともに、奥の壁がスライドしてあき、五つ星のホテルにあってもおかしくないような設備の整った廊下が現われた。

　マックスがうしろの隠し扉を閉じ、ふたりの足音は厚いカーペットに消された。天井のくぼみの間接照明のやわらかな光が、壁にならぶ美術品を照らし、空気はもう臭くなかった。

　第二次世界大戦中の偽装商船《Qシップ》——無害な商船に化けて奇襲を行なう武装船——の末《まつ》裔《えい》ともいえるオレゴン号は、全長一七〇メートルで、目立たないように特殊な偽装がほどこされ、主にならずもの国家の商船旗を翻している。外見は老朽化した不定期貨物船で、いまにもスクラップになりそうに見える。しかし、実態はこれまで建造されたなかでもっとも先進的なスパイ船で、表から綿密に観察しても想像もつかないような性能、武装、戦闘能力を備えている。

　オレゴン号は、ほとんどの乗組員にとって一年のほとんどを過ごす我が家なので、できるだけ快適になるように、贅沢なしつらえにデザインされている。乗組員はたっぷりと手当てをもらって、個室の内装を好きなように変えられるし、娯楽と運動の施設も充実している。食事は、賞をとっているシェフと調理チームが美食を提供する。

オレゴン号の作戦機能は、さらにすばらしい。巡洋艦よりも下のクラスのどんな軍艦とも互角に戦える武器装備を誇っている。エイブラム主力戦車の主砲を転用した一二〇ミリ砲、フランス製のエグゾセ対艦ミサイル、ロシア製のタイプ53魚雷は、すべてアメリカとのつながりを隠すために、闇市場で購入したものだ。

防御兵器も、やはり無敵だった。甲板の錆びたドラム缶には、乗り込んできた敵を撃退するための遠隔操作三〇口径機関銃が隠されている。船体の隠し扉がスライドすると、敵艦を掃射したり、襲来するミサイルを打ち落とすために二〇ミリ・タングステン弾を発射するガットリング機関砲《ガン》三門が現われる。アスター対空ミサイルを補う防空兵器として、メタルストームも備えている。メタルストームは船尾から持ちあがり、一分間に百万発という発射速度で、タングステン発射体を電子的に発射する。邀《よう》撃《げき》しにくい超小型ドローンを撃墜するのに都合がいい。

潜入作戦にあたっては、広いムーンプールから潜水艇を発進させることができる。竜骨《キール》の大きなドアがあき、潜水艇やダイバーがひそかに出撃できる。水上作戦では、〈ゾディアック〉膨張式ボートや、米海軍SEALが好んで使う複合艇――硬式船体《RH》膨張式ボート《IB》――のような小型艇が、喫水線の隠し扉の奥の艇庫から発進する。

甲板のクレーン五基のうち二基は完全に使用できるが、あとの三基はオレゴン号をできるだけみすぼらしく見せるために、壊して使えないようにしてある。やる気満々の港の検査官をごまかすために、奥行きのある船艙《せんそう》の一部には本物の貨物が積まれているが、あとはオレゴン号の肝要な部分が収まっていて、何層もの木箱やコンテナで覆い、貨物をめいっぱい積んでいるように見せかけてある。船尾寄りの船艙を覆っている貨物がひっこむと、ＭＤ‐５２０Ｎヘリコプター用のプラットフォームがあがってくる。

オレゴン号が太平洋北西部で材木を運んでいたころのディーゼル機関は、電磁流体力学機関という最新鋭の船舶推進機関二基に換装されている。電磁流体力学機関は、液体水素で超低温に冷却した磁石によって海水から電子を分離し、無尽蔵の電力を発生させる仕組みで、船体を貫いている巨大な駆動チューブから、その電力を使うアクアパルスジェットを噴出させ、オレゴン号のような巨大な船としては考えられないような高速で航走させる。しかも、推力偏向駆動チューブのおかげで、オレゴン号はまるでジェットスキーのような敏捷な機動が可能だった。通板でつながれたままで〈トライトン・スター〉と等距離を維持できるのは、それがあるからだった。

オレゴン号のマジック・ショップでは、ありとあらゆる変装、装置、制服を、元映画スタジオの小道具・メイキャップ専門家ケヴィン・ニクソンの指示で製造できる。

カブリーヨと乗組員を難破して何日も漂流していた人間に変身させたのは、ケヴィンだった。

兵装や航法など、オレゴン号のすべての作業は、中央の作戦司令室《オプ・センター》で制御されている。だから、汚いブリッジにだれもいなくても操船できる。オレゴン号の船体の奥に位置するオプ・センターは、軍艦を破壊するミサイル以外のすべての兵器に耐えるように造られている。高解像度の監視カメラが、船体のいたるところにあり、オプ・センターとそこにいる指揮官に、水上の三六〇度映像を提供する。オペレーターが両舷のバラストタンクに注水するか、排水することで、〈トライトン・スター〉を騙《だま》したように、沈没寸前の傾きを偽装できる。

オプ・センターには、最新鋭のワーク・ステーション、タッチスクリーン・モニター、流麗な形の調度類、巨大なメインスクリーンがあり、まるで宇宙船のブリッジのように見える。そこで、指揮官席は、船内でもっとも熱心なSFファンのエリックとマーフィーによって、カーク船長の椅子と名付けられた。オレゴン号のもっとも重要な機能は、その座席の肘掛《ひじかけ》にある制御装置によって作動できる。

マックスとマーフィーがオプ・センターへ行くと、指揮官席にはリンダ・ロスが陣取っていた。元海軍将校のリンダは、〈コーポレーション〉の副社長であるとともに、オレゴン号の操船に関してはカブリーヨとエリックにひけをとらない腕前だった。小柄で少女のような甲高《かんだか》い声だが、すべての乗組員の尊敬を集めている。背が低くて見かけも若いために、海軍ではそういう敬意を表されるとはかぎらなかった。軍から解放されたのを祝うかのように、リンダは髪の形と色をしじゅう変える。きょうは赤紫色の髪をポニーテイルにまとめている。

　リンダが立ちあがって、指揮官席を譲ろうとしたが、マックスが手をふって座らせた。

「どうした？」マックスはきいた。

　リンダが、通信ワークステーションのほうへうなずいてみせた。「ハリが、あなたたちに調べてもらいたいものがあるって」

　レバノン系アメリカ人の通信長、ハリ・カシムは、ヘッドホンをかけているせいでいつも髪に癖がついている。大気中の無線信号を捉えて解読するのが得意だった。いつもなら笑顔のハリが、不安そうな顔で、ふたりを差し招いた。

「会長は〈トライトン・スター〉の乗組員を全員、見つけたんですよね？」

　マックスはうなずいた。「そう聞いてる」

「それなのに、どういうわけか、〈トライトン・スター〉のＷｉＦｉに接続して、衛星通信が行なわれるのを探知しましたよ」

マーフィーがとなりの端末の前に座って、そのデータを調べた。

「確認できた」マーフィーがいった。「船内のどこかに密航者がいる。インターネット経由でメールアプリを使っている」ハリのほうを見た。「解読できたか?」

ハリが、顔をしかめた。「ほとんど、だめだった。メールが送られるとすぐにアプリが消去してる。数分前に、最後のやりとりだけ探知したけど、その前に送られたのはすべて消えてる。通信の最後の行だけしか、解読できなかった」

ハリのいいかたが不吉だと、マックスは察した。「どんなメールだ?」

「〈トライトン・スター〉にいる未確認の人間にだれが応答したにせよ、〝やつらを皆殺しにしろ〟と命じている」

7

アラビア海

ロミール・マリクは、ムンバイのチャトラパティ・シヴァージー国際空港から到着したヘリコプターに、大股《おおまた》で近づいていった。オービタル・オーシャン社の打ち上げ司令船のヘリパッドに、ヘリコプターが着船した。一九六〇年代にベトナム戦争で使われた旧式な機体の装備を更新したヒューイが接地すると同時に、アサド・トルカンが跳びおりて、インド人ビリオネアのところへ来た。握手を求めるそぶりはなかった。義弟のアサドとのつきあいは長いが、彼が握手すらしない細菌恐怖症だというのが、いまだに奇妙に思えた。

「おまえもわたしも、フライトがスケジュールどおりでよかった」管制室にアサドを案内しながら、マリクはいった。

「三年も準備したんですよ。どたんばで失敗したら、さぞかし口惜しいでしょう。それに、おれを待たなくてもよかったはずです」

マリクが、陰険な笑みをちらりと見せた。「かもしれないが、おまえたちだけはべつだ」

「おれと弟だけは」

「そうとも」

「ラスルから報せは？」

インド洋のまんなかで〈トライトン・スター〉がゴレノ号に乗っ取られたことを、マリクは伝えた。

アサドが眉根を寄せた。「それじゃ、ジュータ島は射程外になる」

「そのとおり」マリクはいった。「われわれの衛星打ち上げで、ラスルの任務が不要になることを願おう。ラスルがやらなければならないとしても、おなじ目的を達成できる代わりのターゲットを見つけてある」

それがラスルにとってどういうことを意味するかを、アサドはしばし考えた。「ラスルには、危機を切り抜ける能力がある。もっと厳しい状況に置かれたこともある。それに、なにが賭《か》けられているか、承知しているはずです。遅れが出れば、〈無名のえますか？」

「五隻目が損壊したから、やつらにはコロッサスを完全に運用する計算能力がない。きょうの打ち上げが成功したら、やつらが絶対に運用できないようにする」

アサドは、マリクが〈無名の九賢〉のひとりだというのを知っている、ごく少数のひとりだった。『智識の書』九巻すべてをひとりが管理していると、世界征服にその物理学や社会学を悪用されるおそれがあったので、アショーカ王は叡智を発揮し、無名の賢人九人にそれを分配した。現在の〈無名の九賢〉はすべて、それを受贈された九人の子孫だった。最初はおたがいのことを知らなかったが、マウリヤ朝が崩壊すると、アショーカの遺志を尊重して、『智識の書』各巻の智識を結集できるように、受贈者たちは他の受贈者を探し出した。九人の最初の会合で、巻物の内容をおたがいに秘密にし、決定はすべてひとりではなく九人全員で下すことに合意した。

それから千年のあいだ、〈無名の九賢〉だけが知る智識は、受贈者の子孫が入念に選んだつぎの世代にひろめられ、引き継がれてきた。

二百年前までは、九人はインド人の子孫にかぎられていた。だが、イギリスがインドを植民地にしたときに、大脱出がはじまった。それでも九人は定期的に集まり、自分たちの社会を護りつづけていた。九人の大半があらたなチャンスを利用するために外国に移民し、現在ではほとんどがインド人ではなくなっていた。いまもアショーカ王の祖国に残っているのは、マリクの一族だけだった。

九人はいずれも、伝えられた智識をもとに富を築いたり、受け継いだりしてきた。だが、彼らには富を得るだけではない、もっと雄大な任務があった。それぞれの智識分野を護る責任を、重大なものと考え、それを人類のための改善に利用しようとしていた。マリクを除く八人には、コロッサスという計画があり、知恵の劣る人間から世界を救って自分たちが地球上のすべての国の実質的な指導者になろうと考えていた。

だが、マリクだけは、コロッサスは人類滅亡を招くと確信していた。それに、承継された智識によって、マリクは八人を阻止できる立場にあった。

マリクの智識分野は、宇宙空間と宇宙の起源を研究する宇宙進化論だった。マリクは先祖と自分が受け継いだ専門知識のおかげで、いまでは世界最大の人工衛星会社を所有し、人工衛星の開発、宇宙機の軌道への打ち上げなど、関連するあらゆる活動を行なっている。インドでもっとも裕福な人間のひとりで、その富によって自分の企業王国を、エネルギー生産や農業にまで拡大し、人類を救うというあらたな目標のために役立てようとしていた。

あと数分で発射されるロケットが直立している、二海里離れた海上発射台を見ながら、マリクはふと思った。妻のヤスミンがいれば、これから自分が達成することを誇りに思ってくれるにちがいない。ヤスミンが大学教育を受けるためにイランからインドに来たときに、ふたりは出会った。ヤスミンは、マリクにとって人生で最愛の存在だった。美しく、知的で、やさしく、思いやりがある。しかし、五年前にそのすべてが失われた。

ヤスミンは、妊娠してからも、発展途上国の子供の医療政策を促進する仕事をつづけるといい張った。戦争に引き裂かれているアフリカへヤスミンが行くときは、つねに心配していたマリクも、フランスでの会議に出席するときには、なんの懸念も抱かなかった。

ヤスミンが乗っていた高速鉄道が脱線したあとで電話がかかってきたときのことを思い出すと、マリクはいまでも胃がねじれそうになる。ソフトウェアの些細《ささい》な誤謬《ごびゅう》だったことが、のちに判明するのだが、そのために線路の転轍機《てんてつき》の誤作動が起きた。ヤスミンとおなかの子供は、死者百四十三人のなかに含まれていた。

だれも責任を負わされなかったことが、マリクと双子のトルカン兄弟を苦しめた。

アサドとラスルは、ヤスミンがかわいがっていた弟たちだった。ハイテク産業の大立者でコンピュータ科学の学位を持つマリクは、テクノロジーの進化がすさまじい速度であることが、育てることがかなわなくなった子供とヤスミンの死をもたらしたと考えた。列車事故のせいで智識を伝えられる子孫を失ったが、いつの日かまた子供をつくろうと、マリクは思っていた。しかし、〈無名の九賢〉のあとの八人がコロッサスを完成させたら、二度と子供をつくれなくなる。すべての人間がそうなってしまう。

いま、マリクにはもっと大きな目的がある。人類史上最大の目的であるかもしれない。ロケットの先端に取り付けた衛星には、マリクの未来が託されている。それはこれから生まれる人間すべての未来でもある。

コロッサスを怖れ、懸念して暮らしてきた歳月がもうじき終わることにほっとして、マリクは溜息をついた。そして、アサドの肩を叩き、ふたりで管制室にはいっていった。

カウントダウンがすでにはじまり、離昇《リフトオフ》まで二分になっていた。マリクが移動式海上発射システムを開発したのは、悪天候を避けるためと、効果的に軌道に載せるためだけではなく、発射時に詮索の目を逃れるためでもあった。どこかの船が許可なく打ち上げの現場に近づこうとした場合に備え、マリクがインド海軍から買った退役ニルギリ級フリゲートが、警備を行なっている。

「現況は？」カプールという名の、白髪になりかけている五十代の痩せたフライト・ディレクターに、マリクはきいた。

「問題は探知されていません」元インド空軍士官のディレクターが、ぶっきらぼうに答えた。「全システム、異状なし。順調に進んでいます」

マリクは、アサドと笑みを交わしてから、カプールに向けてうなずいた。

カウントダウンがあと十秒になると、マリクは窓のほうへ行った。ロケット打ち上げを味気ないカメラの画像で見たくはなかった。発射されるところを、自分の目で見たい。

「五……四……メインエンジン点火……」白熱した炎が、再使用可能なブースターの液体燃料ロケット・エンジンから噴き出し、巨大な煙の柱が空に立ち昇った。

「……二……一……リフトオフ！」

ロケットが発射台からゆっくりと上昇し、それにつれて整備塔が離れていった。管制室で喝采《かっさい》と歓声が沸き起こった。

だが、わずか一秒後に、マリクは異変に気づいた。これまでロケット十九台の打ち上げすべてに立ち会っているので、今回の打ち上げがそれらとちがうことが、すぐにわかった。

「ディレクター」技術者のひとりがいった。「燃料ポンプ系統に、波及効果故障《カスケージング》が起きているのを探知しました」それが重大事故に結び付くことを、マリクは知っていた。ポンプはエンジンへの燃料流入を制御している。

「補正できないか？」フライト・ディレクターがきいた。

「試しています！」

ロケットは、これまでのロケットのようには加速しなかった。エンジンからほとばしる炎の噴射がとぎれがちになり、速度が落ちたロケットは発射台のわずか九〇メートル上で宙に浮かんだ。

やがて、ロケットが降下しはじめた。

フライト・ディレクターが、躍起になってエンジン情報を要求したが、手遅れだった。ロケットの尾部が整備塔と衝突し、巨大な火の玉がキノコの形にひろがった。発射台にだれかがいたら、即死していたはずだ。

マリクはふりかえって、厳しい表情で口を結んでいるカプールを睨みつけた。管制室は静まり返っていた。衝撃波が遅れて伝わってきて、打ち上げ司令船が揺れるまで、ふたりはおたがいを凝視していた。

「どこが悪かったのか、突き止めろ」マリクは不機嫌にいった。

カプールが、咳払《せきばら》いをしてから、低声《こごえ》で答えた。「かしこまりました」

燃えるロケットと衛星を、口をぽかんとあけて見ていたアサドが、マリクに近づき、声をひそめていった。「これからどうしますか?」

「さいわい、わたしはつねに障害に備えている」目的まであと一歩のところで、それが文字どおり目の前で爆発したので、マリクは激怒していた。「したがって、予備がある」

アサドが、びっくりしてマリクの顔を見た。「衛星がもう一基あるんですか?」

マリクはうなずいた。「第二発射台のロケットを、十日以内に打ち上げる準備ができている。しかし、それまでに八人が〈コロッサス5〉を修理するかもしれないから、運任せにはできない。三日後に〈九賢〉の会合があるから、そのときに状況がわかるだろう。やつらはわたしのやっていることに気づいていないと思うが、この爆発は偶発的な事故ではないだろう」管制室にいる人間をひとりずつ見た。破壊工作を行なったものが、ここにいるはずだ。

「〈九賢〉のだれかがあれをやったと、思っているんですか?」煙をあげている発射台を眺めて、アサドがいった。

「わたしの計画を疑っているものがいるにちがいない。ほかのだれかが疑われるように、仕向けなければならない。わたしが無実だと思わせるために。そのために、おまえをシドニーに行かせる。だが、その前に、予備の計画のべつの部分を進めなければならない」

「〈トライトン・スター〉?」

「そのとおり」マリクは、携帯電話を出した。作戦を開始しろと、ラスルにメールで命じながら、フライト・ディレクターにいった。「金剛杵《ヴァジュラ》システム作動を準備しろ」

カプールが、困惑した表情になった。「でも、発射失敗によってGPSが――」

マリクはさえぎった。「使えないのは遠隔地だけだ。防御が厳重な施設に対するシステムの有効性をテストする、格好のチャンスになる」

「かしこまりました。ターゲットは?」

「ディエゴ・ガルシアの米軍基地だ」

8

ディエゴ・ガルシア

テキサスのダイエス空軍基地からの飛行《フライト》は、非常に長かった。途中で二度、空中給油を行なった。ジェイ・ペトクナス少佐は、B‐1Bランサー爆撃機を早く着陸させたかった。離島ディエゴ・ガルシアの空軍・海軍基地、キャンプ・サンダーコーヴは、熱帯の気候ゆえに米軍で最高の任地だと見なされているが、いまは日光浴を楽しむよりも、八時間ぐっすり眠るほうが魅力的だった。

着陸に備えてB‐1の可変翼をいっぱいにひろげると、ペトクナスは横の風防からU字形の珊瑚礁《さんごしょう》を眺めた。ディエゴ・ガルシアの中央の礁湖を囲むその細長い環礁の面積は、三一平方キロメートルにすぎない。海軍艦艇十数隻が、防波堤内の港に係留され、ペトクナスの飛行隊のあとの爆撃機はすでに、輸送機や給油機の列に機首を向けて、全長三六六〇メートルの滑走路の横にならんで駐機してあった。

操縦桿を握っていた副操縦士のハンク・ラーソン大尉が、首をのばして景色を見ようとしたが、見えなかった。「ビーチはどんなふうかな？」ペトクナスがここに来るのは三度目だったが、ラーソンははじめてだった。

「疲れていないのか？」

「砂浜でも眠れるし、日焼けしたい」

黒髪で肌の浅黒いペトクナスは、淡いブロンドの髪の副操縦士に、皮肉るような目を向けた。「幸運を祈る。その透けるようなスウェーデン人の肌が真っ赤に焼けたときのために、基地にアロエの備蓄がたっぷりあることを願っておけ」

「火傷《やけど》しないように、サンブロックを持ってる」

「そのサンブロックは、放射能も防げるレベルか？　それくらいのやつが必要だぞ」

うしろで戦闘システム士官ふたりが笑った。ペトクナスは、管制塔を呼び出した。

「サンダーコーヴ管制、こちらバッツ１２、着陸許可を求める。太陽光になにをされるか知りたがってる吸血鬼が、ひとり乗ってるんだ」

「バッツ１２」女性の声だった。「滑走路はあいてる。太陽ならたっぷり――」

声が急に消えた。それと同時に、計器盤がすべて暗くなった。エンジンが燃焼停止し、コクピットは無気味な静けさに包まれた。軽口を叩くような態度はたちまち消え失せ、搭乗員はいつものプロフェッショナルに戻った。

ペトクナスは、落ち着いて操縦桿を握った。「操縦を代わる」

ラーソンが操縦桿から手を離した。「操縦を譲る」

「なにか機能しているものは？」

「電力が完全に落ちた」ペトクナスのうしろの搭乗員ふたりが、同時に答えた。

ペトクナスは、もう一度管制塔を呼び出そうとした。「サンダーコーヴ、こちらバッツ12。緊急事態を宣言する。くりかえす、緊急事態を宣言する」

応答はなかった。空電雑音すら聞こえない。

「エンジンを再始動してみよう」ペトクナスがそういったとき、推力を失ったB‐1は海に向けて滑空しはじめた。

再始動チェックリストを進めたが、無駄だった。コンピュータ制御システム全体がショートしたかのようだった。

「なにか動いてるものはないのか？」ラーソンが腹立たしげにいった。

ペトクナスは、操縦桿を傾けてみた。B‐1がのろのろとそれに応じた。

「油圧系統はだいじょうぶだ」ペトクナスはいった。「なんとか」

「電気がないと、降着装置《ギア》を出せない」

なにがいいたいのか、ペトクナスにはわかっていた。巨大な爆撃機を旋回させて、滑走路のセンターラインに沿って飛ぶようにしても、胴体着陸するしかない。リスクが大きすぎる。精確に操縦しないと、滑走路上で横転し、四人とも死ぬおそれがある。

ペトクナスは、すばやく決断した。

「射出《イジェクト》に備えろ」ペトクナスは命じた。島に近いから、すぐに救出されるはずだ。

「準備よし！」あとの搭乗員三人が、つづけざまにコールした。

Ｂ‐１の射出システムは、機長のみが作動するか、あるいは個々の搭乗員が作動する仕組みだった。機長が座席の脇の射出ハンドルを引くと、キャノピイが吹っ飛び、上に飛び出すときにぶつかり合わないように、搭乗員それぞれの座席のロケットが、あらかじめ決められた順序で点火される。

ペトクナスは、射出のすさまじい勢いに身構えて叫んだ。「イジェクト！　イジェクト！　イジェクト！」それからハンドルを引いた。

なにも起こらなかった。

もう一度引いたが、おなじだった。

「おれの座席はだめだ」ペトクナスは、あとの三人にいった。「自分でやってくれ……イジェクト！　イジェクト！　イジェクト！」

三人が指示どおりにやった。やはり変わりはない。キャノピイすら撃ち出されなかった。

ラーソンが、とまどいをあらわにして、ペトクナスを見つめた。「どうなってるんだ？　ちびの魔物《グレムリン》（それが飛行機事故を起こすという迷信がある）でも乗ってるのか？」

ペトクナスには説明できなかったが、座席にもコンピュータ制御のシーケンサーが備わっていて、それがハンドルを引いてからどういう順序で射出するかを精確に判断することを思い出した。どうしてなのかはわからないが、搭載されている電子機器すべてが異状をきたしている。

ふたたびすばやく決断した。

「着陸する」操縦桿に手を戻して、ペトクナスはいった。「滑走路をうろちょろしているやつがいないことを願おう」

管制塔は呼び出さなかった。座席が射出しないくらい、電気系統の問題が全体にひろがっているようなら、無線機も使えないだろう。

「旋回する」ペトクナスは、渾身《こんしん》の力をこめて機体を傾けさせた。Ｂ‐１はそれにあらがいつづけたが、ようやく旋回させることができた。滑走路が正面に来るまで、力ずくで旋回を維持した。

「高度がない」ラーソンがいった。

「それはどうにもできない」ペトクナスは答えた。「速度のほうが重要だ。速度が落ちたら、島に行き着く前に失速する。フラップを一〇度下げてみてくれ」

水平儀と高度計はまったくの機械式なので、いまも機能していたが、高性能の電子ディスプレイは真っ暗だった。目視と感覚で着陸するしかない。夜間か悪天候だったら、四人とも助からなかっただろう。

エンジンが停止しているので、一回で狂いのないように着陸させなければならない。滑走路がどんどん近づき、ラーソンが高度を読みあげた。

「五〇〇フィート……四〇〇……三〇〇……二〇〇……一〇〇……」

ペトクナスは機首を起こして速度を下げようとして、操縦桿を引いたが、タイミングが遅かった。尾部が滑走路に当たって、揺れが伝わってきた。

その衝撃で、機体が縦揺れを起こした。歯がゆるみそうな勢いで機体が腹を打ち、滑って制御を失いそうになった。ペトクナスには、もうその動きをどうすることもできなかった。

Ｂ－１Ｂ爆撃機がスピンしはじめ、機体が転覆して引き裂かれるのを予期して、ペトクナスは体に力をこめた。コンクリートの滑走路を機体がこすり、後部で火花と煙が噴き出した。燃料タンクが破れたら、残っている燃料に引火するおそれがある。

だが、結局そのスピンがＢ－１を救った。横滑りした機体が、滑走路脇の草地に飛び出して進みつづけ、砂浜を横切るあいだに速度が落ちて、海に突っ込んだ。風防に海水の飛沫《しぶき》がかかり、そこで停止した。

死ななかったことに歓声をあげようとして胸いっぱいに空気を吸ったとき、それまでずっと息をとめていたことに、ペトクナスは気づいた。

「みんな無事か？」ペトクナスは、搭乗員たちにきいた。三人とも、なんともないと答えた。

通常は、前脚の下へタラップでおりるのだが、胴体着陸したので、それは不可能だった。それに、まだ火災が起きるおそれがある。

ペトクナスは手をのばして、キャノピイを撃ち出す火薬を手動で起爆した。バンという音とともに、キャノピイが吹っ飛んだ。

搭乗員三人が、キャノピイの縁によじ登って跳びおりるまで、ペトクナスは待った。

それから、三人につづいて海に跳び込み、水飛沫をあげた。ずぶ濡《ぬ》れになって、海のなかを歩き、機体のそばにいた搭乗員三人のところへ行った。燃料が漏れておらず、下面を除けば、かなりいい状態だというのがわかった。

「おみごと、少佐」ラーソンが、ペトクナスの肩を叩いていった。

ペトクナスは、首をふった。「二度とやりたくない。始末書を何枚書かされるか、わかったものじゃない」

「元気を出して」ラーソンが、にやにや笑っていった。「とにかく、おれはこうしてビーチにいるんだし」

ペトクナスは、くすりと笑った。「消防車に早くサンスクリーンを持ってきてもらったほうがいい」

そのとき、サイレンの音が聞こえず、救急隊も近づいていないことに、ペトクナスは気づいた。だが、何人かが走ってくるのが見えた。

最初にそばに来たのは、地上員だった。

「だいじょうぶですか?」地上員が、損壊した爆撃機から目を離さず、息を切らしていった。

「おれたちはぴんぴんしてる」ペトクナスはいった。「消防車はないのか?」

「いまは一台も走れないんです」地上員がいった。

「なんだって？」ラーソンがびっくりしていった。

「つまり、おれたちだけじゃなかったのか？」ペトクナスはきいた。

ディエゴ・ガルシアの地上員が、首をふった。「先ほど電子システムがすべて使えなくなりました。あなたがたが飛んでいたときに。島の電子機器がすべて死んだんです」

9

インド洋

「どういうことだ？　そこにだれもいないとは？」マックスはハリにきいた。「ディエゴ・ガルシア島には、三千人以上が配置されているんだぞ」

マックスは、オプ・センターの指揮官席に座り、リンダはレーダー・ステーションについていた。エリック・ストーンは、〈トライトン・スター〉から戻ってきて、不可解なインターネット接続の発信源をマーフィーが突き止めるのを手伝っていた。ふたりは一台のコンピュータのほうへかがみ込み、流れるデータに目を凝らしている。

ハリは、ほんとうにとまどっていた。「駆逐艦〈グリッドレイ〉の到着予定時刻について、ディエゴ・ガルシアと話をしていたら、衛星接続が突然とぎれたんです」

「衛星アップリンクに、なにか起きたんじゃないの」リンダがいった。

ハリが、いらだたしげに首をふった。「無線、電話、衛星をためした。なにもつながらない。軍やＣＩＡにも問い合わせた。ディエゴ・ガルシアと連絡がとれないのは、われわれだけじゃない。だれも連絡することができなくなってる。まるで島が消えうせてしまったみたいに」

「なにかが島の発電所をぶっ壊したのかもしれない」エリックがいった。

「島と連絡がとれない理由は、停電で説明できるかもしれない」ハリがいった。「でも、〈グリッドレイ〉も含めて、ディエゴ・ガルシアを母港にしているどの艦とも連絡がとれないのは、説明がつかない。〈グリッドレイ〉は出航するところだったはずだ。どうしてみんな消えうせたんだ？」

「大津波かもしれない」コンピュータから目を離さずに、マーフィーがいった。

冗談めかした口調だったが、ハリはマーフィーの推理に真顔で答えた。「いや、それも調べた。津波警報センターは、この一時間、大型の地震はまったく探知していない」

エリックが、マーフィーに薄笑いを向けた。ふたりは軍の機密ミサイル開発計画でともに働いたことがあり、その後、エリックがマーフィーをオレゴン号の乗組員に推《すい》薦《せん》した。ふたりはさまざまな面で正反対だが、それ以来、からかったり、競い合ったり、口喧嘩《くちげんか》をしたりしながら、まるできょうだいのような仲になっている。

「馬鹿じゃないか」エリックが、ふざけて嘲《あざけ》った。「津波なんて平凡すぎる。隕石《いんせき》の衝突では？」

「あるいはワームホール？」マーフィーがいい返した。

「エイリアンによる誘拐」

「サメ台風《シャークネード》」

「理由はどうでもいい」マックスは、若い乗組員ふたりのやりとりに、興味と腹立ちの両方を感じながらいった。「ハリ、ひきつづき連絡をとってみてくれ。おれは偶然の一致など認めない。皆殺しにしろ、などという奇妙なメッセージが送られているんだから、なおさらだ。エリック、メッセージの発信源は測定できたか？」

「〈トライトン・スター〉の船尾近くのどこかです。それ以上詳しくはわからない」

マーフィーが口を挟んだ。「またメッセージを受信している」

「なんていっている？」マックスがきいた。

マーフィーは、マックスの顔を見た。「謎《なぞ》の乗客がメールを受信した。座標を伝えて、〝発射《ローンチ》は実行〟といってる」

「発射？　なんの発射だ？」

「オービタル・オーシャンが、いまアラビア海で予定している衛星打ち上げですかね」エリックがいった。「でも、六〇〇海里以上離れてる。ぼくたちとどう関係があるのか、見当がつかない」コンピュータのキーボードを叩くあいだ、しばらく間を置いてから、エリックがいった。「きょうは、ほかの場所でべつの衛星打ち上げも予定されてる」

「〈トライトン・スター〉にいるだれかに、作戦を始動《ローンチ》しろといってるのかもしれない」リンダがいった。

「あるいは、何者かが、われわれになにかを発射しようとしているのかもしれない」マックスは、マーフィーのほうを向いた。「その座標は、なにを示しているんだ?」

「画面に出します」

メイン・スクリーンに、地図が表示された。拡大され、十字線《クロスヘア》がディエゴ・ガルシアの真上に重なった。

カブリーヨが第二のコンテナを調べるために、エディーとタオとともに〈トライトン・スター〉の船尾に向かっていると、マックスから連絡がはいった。

「なにを探せばいいか、見当はつかないか?」カブリーヨはきいた。

「メッセージは、なにも具体的なことをいっていない」マックスが答えた。「ノヴィチョク神経剤のことだとは思わないか？」

「ディエゴ・ガルシア攻撃と協同して行なうなにかかもしれない」カブリーヨは、米軍基地との通信が途絶していることを聞いていたし、マックスとおなじで偶然の一致は認めない。

「マーフィーとエリックが、隠れ場所を精確に突き止めたら知らせる」

「ありがとう。こっちも捜索をつづける。ひきつづき情報を伝えてくれ」

〈トライトン・スター〉の乗組員の残りをオレゴン号から連れてきた〈コーポレーション〉の戦闘員ふたりが、上部構造から出てきた。いずれもFN・P90コンパクト・アサルト・ライフルを二挺ずつ持っている。風変わりなブルパップのデザインで、弾倉が銃身の上にあり、空薬莢《からやっきょう》は握りを通って下に排出されるので、射手の射界を妨げない。ふたりが近づいてきて、エディーとカブリーヨにそれを一挺ずつ渡した。

ふたりのうちひとりは、巨漢のスキンヘッドのアフリカ系アメリカ人で、ラインバッカーの体つきだが、体操選手みたいに軽快に走る。デトロイトに生まれ育ち、元SEAL隊員で、名前はフランクリン・リンカーン。〝リンク〟と呼ばれている。乗っ取り作戦のときは、ゴレノ号の機関長を装っていた。任務の呼び出しを受けたときには、オレゴン号に積んであった特注のハーレーで、モルジヴの首都を走りまわっていた。ガンドッグズ――陸上作戦チーム――の一員で、乗組員のなかで最優秀の狙撃手《スナイパー》であることが最大の誉《ほま》れだった。

「会長」リンクがいった。「〈トライトン・スター〉の乗組員は全員、食堂に閉じ込めて、マクドが見張ってます。レイヴンがP90を持って現われたときの連中の顔を、見せたかったですね」

リンクが、横の女性のほうへうなずいてみせた。レイヴン・マロイは、新人の乗組員で、陸上作戦チームにくわわった。まっすぐな漆黒の髪、カラメル色の肌、スポーツ選手のような長身で、ラテンアメリカ系、東南アジア系、アラブ系にまちがわれることが多いが、ほんとうはチェロキーとスー族の血を引くネイティブ・アメリカンだった。養父母によって陸軍軍人の娘として育てられ、陸軍士官学校に入学して、心理学を専攻し、アラビア語と現代ペルシア語を学んだ。卒業すると憲兵隊将校になり、根気強く捜査を行なうという評判を得たが、繁文縟礼《はんぶんじょくれい》に嫌気が差し、退役して民間セクターの保安要員になった。フィリピンの共産主義反政府勢力を打倒する〈コーポレーション〉との共同作戦で、オレゴン号の乗組員と息の合ったところを見せ、過酷な状況ですばらしい働きをしたので、カブリーヨにオレゴン号で働かないかと持ちかけられた。

「女を見てびっくりしただけだと思う」レイヴンがいった。「ショックを受けたといったほうがいいかもしれない」満足げにつづけた。「それに、ちょっと怯えたんじゃないかしら。このひとみたいに」目を丸くしてレイヴンを見つめていたタオに、視線を据えた。

レイヴンがそういう反応を引き出すのは不思議ではないと、カブリーヨは思っていた。レイヴンはすこぶるつきの美女だし、溶岩も凍りそうな冷たい目で男を見据えることができる。

「詳しい話を終わりまで聞きたいところだが」カブリーヨはいった。「ちょっと問題が起きた」発射が差し迫っていることを伝えるメッセージのことを、ふたりに話した。「わたしたちは左舷側を調べる。きみたちふたりは、右舷側を捜索してくれ。なにかふつうではないことを探せ。NBCスーツに着替えている時間はないから、ガス容器のようなものを見たら、私とエディーに連絡しろ。そして、遠ざかれ」

「わかりました」レイヴンがいった。

「合点承知の助」リンクがいった。

ふたりは左舷に向かった。カブリーヨとエディーは、タオを船尾のほうへ押した。

「あれはだれだ？」タオが驚きを隠せずにいった。

「われわれの仲間だ」エディーが答えた。

「大男のほうじゃない」タオがいった。「あの女。すばらしい。拝んでみたい。あの――」

「自分の膝がやすやすと折られるのが見たいのか？」カブリーヨはさえぎった。「それ以上下品なことをいうつもりじゃないだろうな」

タオが口をあけてから、また閉じた。

「よし」カブリーヨはいった。「われわれが見つけられなかった男は何者だ？　乗組員ではないというのはわかっている」

「ああ、ラスルだ。乗客として乗せた」

カブリーヨは、タオの体をつかんで足をとめさせた。「そいつはどこだ？　いわないと、でかい釣り針に刺して、手摺の上から吊るすぞ」

「船室はすべて探した」エディーがいった。「そこにはいなかった」

「だとすると、やつがどこにいるのか、おれにはわからない」タオが答えた。

カブリーヨは、タオを睨みつけてから、向きを変えさせ、背中を押した。「ラスルが積み込ませた第二のコンテナのところに案内しろ。それも空だったら、わたしは怒りをこらえきれなくなるかもしれない」

「それに、このひとが怒ったらどうなるか、おまえは見たくないにちがいない」エディーがいった。

第一のコンテナよりも船尾寄りにあるコンテナのところへ行ってカブリーヨがあけると、やはり空っぽだった。

「誓う！　知らなかったんだ！」カブリーヨがふりむくと、タオが哀れっぽい声を出した。そのとき、なにかが閃いたようだった。「待ってくれ。どこかがおかしい」コンテナの番号を、タオがしげしげと見た。

カブリーヨはタオに近づいた。「どうした？」

タオが指差した。「船荷目録に載っていたこの番号を憶えてるのは、末尾の五桁がすべて9だからだ。インドに戻すコンテナだから空なんだ。これは最後の列にあるはずだった」

「すりかえられたのか？」エディーがきいた。

「そうだろう。港のクレーン・オペレーターは簡単に買収できる」

「最後の列のコンテナに案内しろ」カブリーヨはいった。

三人は、コンテナの最後の列へ歩いていった。右舷の端の冷蔵コンテナを、タオが指差した。カブリーヨはタオを横に押しのけ、エディーがP90を構えて掩護《えんご》した。カブリーヨはドアを引きあけた。

ポルトガル語と英語で〝オレンジ〟と記された木箱がてっぺんまで積みあげてあったので、三人は体の力を抜いた。

「ノヴィチョクをここに隠してある可能性もある」エディーがいった。

「かもしれない」カブリーヨは、無線機のスイッチを入れながらいった。「マックス、できるだけおおぜいにNBCスーツを着させ、こっちによこしてくれ。このコンテナを解体したい」

カブリーヨが冷蔵コンテナの所有者のことをきこうとしたとき、タオがコンテナの側面のなにかを見つめているのに気づいた。タオがなにかをいおうとしたとき、サプレッサー付きの自動火器から発射された銃弾三発が、タオの胸に大きな穴をあけた。音が弱められていたにもかかわらず、歯切れのいい銃声が周囲の金属から反響した。タオは声もなくくずおれた。

カブリーヨは、あけ放ったコンテナのドアの向こう側の甲板に身を躍らせ、正体不明の襲撃者に応射を浴びせようとした。砂漠用迷彩のNBCスーツを着た男が、コンテナの列の端に身を隠すのが、ちらりと見えた。カブリーヨは一連射を放ったが、当たらなかった。自動火器を持った男は、消え失せていた。

エディーがタオの上にかがんで、致命傷だったのを見てとり、首をふった。

カブリーヨは、コンテナの側面に開口部があるのを見つけて、用心深く近づいた。そこへ行って、奥をちらりと見ると、天井にノズルがいくつもある、特別製の除染室とおぼしいものが目にはいった。

エディーがそばに来て、床を指差した。緩衝材のくり抜かれた部分が空になっているケースと、NBCスーツ用のダッフルバッグが残されていた。

カブリーヨはうなずき、エディーとともにコンテナの外側の角にそろそろと近づきながら、マックスに無線連絡した。「メッセージを送ったやつを見つけた、マックス。ラスルが乗客として乗っていたと、タオがいったから、ラスルにちがいない。除染室が用意されているし、ラスルはNBCスーツを着ている」カブリーヨは一瞬、首を突き出し、船内に通じる水密戸があいているのに目を留めた。「ラスルはノヴィチョクを散布しようとしているんだと思う」

「〈トライトン・スター〉で？」マックスがいった。

「そうだ。こっちでNBCスーツを着ているのは、わたしとエディーだけだから、あとのものは全員、オレゴン号に避難させる必要がある」マックスがハリに指示するのが聞こえた。「ラスルが乗り込もうとしたら、撃ち殺せ」

「了解した」一秒後に、三〇口径機関銃がドラム缶の隠し場所から出てきて、〈トライトン・スター〉に向けられた。

「仮設除染ステーションは、通板の近くに用意したか？」

「用意し、いつでも使える」

「よし。使う必要があるかもしれない。エディーとわたしは、ラスルを追う」

カブリーヨとエディーは、水密戸へ走っていって、船内の奥深くへおりていった。


ラスルは、廊下を走りながら、背後を確認した。いまのところは、追っ手を撒いたようだ。コンテナのドアがあく音が聞こえたときには、ＮＢＣスーツを着終えていた。つづいて男の声が応援を呼ぶのを聞いて、逃げ場がなくなる前に除染室から出なければならないと悟った。

さいわい、ノヴィチョク装置は、ウェストバンドに取り付けてあった。作動する前にやらなければならないのは、手袋をはめることだけだった。

ポケットに手を入れて、手袋がはいっていないと気づき、みぞおちのあたりが冷たくなった。

襲撃があまりにもすばやかったので、特製の手袋を除染室のダッフルバッグから出すのを忘れたのだ。神経剤を散布する計画を実行する前に、手袋を取りに戻るか、代わりのものを見つけなければならない。

あとひとつだけ、必要なものがある。貨物船の装備として義務付けられている、救命索発射機だ。海上における人命の安全のための国際条約（ＳＯＬＡＳ条約）によって、〈トライトン・スター〉の大きさの船は、四台備えておかなければならない。海に落ちた人間を救助するために、数百メートル離れたところまで救命索を撃ち出すことができる。

夜中に甲板を探索したラスルは、救命艇の真下の隔壁に吊られた黄色いプラスティックのバケツに、それがはいっているのを見つけていた。そのためには、ほんの一瞬、甲板に出なければならない。

救命艇ステーションにもっとも近い階段に着いたとき、乗組員が食堂から連れ出されるのが、音でわかった。

「早く」見張りのひとりがいった。「向こうの船に乗り移れ」

つまり、彼らは逆の方向へ行く。完璧だ。

ラスルは、Ｇ36アサルト・ライフルをいつでも撃てるように構えて、階段を昇っていった。廊下にはだれもいなかった。

水密戸から出ると、救命索発射機があった。バケツ形でプラスティックの蓋《ふた》がついていて、引き金のついた握りに、手榴弾《てりゅうだん》のピンのような安全装置があった。

ラスルは、それをおろして、蓋をあけた。ロケットがバケツのまんなかにあり、長さ三〇〇メートルのナイロンロープが、そのまわりに巻いてあった。ロープは針金でロケットに取り付けてあったので、その代わりに円筒形のノヴィチョク容器を簡単に取り付けることができる。バケツの外側には使用法が丁寧に書いてあり、予備ロケットの装塡《そうてん》手順も説明されていた。ロープを捨て、ノヴィチョクを二分のカウントダウンにセットして、ロケットに結び付ければいいだけだった。

これから除染室にひきかえさなければならない。見られずにそこまで行ければ、武器に工夫する時間はじゅうぶんにある。敵はほかの場所を捜索しているはずだ。あのコンテナに舞い戻るとは、だれも思わないだろう。

ラスルは、隔壁の蔭に隠れて、携帯電話を出し、特別に設計された発射アプリをひらいた。コードを打ち込むと、ターゲットの座標を変更できるようになり、新しい座標が表示された。ラスルは、ディエゴ・ガルシアの緯度経度を打ち込んだ。

ターゲットを確認した、とアプリが応答した。

ラスルは、〝発射〟と記された画面を呼び出した。うっかりと作動させるのを防ぐアイコンを横にずらしてどかすと、〝発射実行〟というキャプション付きの赤いボタンが現われた。

ボタンをクリックすると、ラスルは心のなかでつぶやいた。これでやつらの気をそらすことができる。

「会長を応援しなくていいの？」銃声から遠ざかり、急いで通板にひきかえしながら、レイヴンがいった。

「命令は命令だ」リンクがいった。「陸軍で教わっただろ？」

「それで辞めたのよ」

「会長は、自分のことよりも乗組員を心配している」リンクは、レイヴンににやりと笑いかけた。「それに、オレゴン号に戻ったら、すぐにNBCスーツを着て、応援させてくれって説得するさ」

「その考えかた、いいわね」

大きなドーンという音が聞こえ、ふたりは足をとめた。爆発というほどの轟音《ごうおん》ではなかったが、リンクがこれまでに聞いたどんな銃声ともちがっていた。

マクドが躍起になって手をふり、ふたりの頭上を指差した。

リンクが見あげると、頭上のコンテナの側面が、落ち葉みたいに甲板に向けてひらひらと落ちてくるのが目にはいった。

リンクはレイヴンの体を持ちあげて、コンテナ二台のあいだの空間にほうり込み、自分もそこへ跳び込んだ。コンテナの側面が、リンクのブーツのすぐそばで甲板に激突し、滑って舷側から落ちた。ふたりが一瞬前にいたところの鋼鉄の甲板がくぼんでいた。

「ふだんなら、投げ飛ばされるのは嫌いだけど」片脚で跳んで立ちあがりながら、レイヴンがいった。「今回だけは例外。ひとつ借りができたわ」

リンクが立ちあがり、レイヴンとともに、まだ上を見つめているマクドのそばへ行った。

「毎日見られるような光景じゃないぜ」マクドがいった。

ふたりが首をめぐらすと、さっきまでふたりが立っていたところで、コンテナの山の最上段のコンテナの屋根と側面が、蝶番《ちょうつがい》に仕掛けた爆薬によって吹っ飛び、なくなっていた。

いまでは、その中身だけが残っていた。ミサイル発射機が、仰角二〇度に傾いていた。

三人が伏せると同時に、筒型の発射機から炎が噴き出し、ミサイルが飛び出した。一定の距離に達すると、ブースター・ロケットが海に落ち、胴体から短い翼が出てきた。尾部から白熱したジェット排気がほとばしり、加速して、すさまじい速さで南東へ飛んでいった。

立ちあがったリンクが、レイヴンとマクドに片方の眉をあげてみせ、皮肉たっぷりにいった。「やつらが話してた発射っていうのは、あれだろうな」

10

ミサイルが遠くへ消えるまで見送っていたマックスも含めて、オプ・センターにいた全員が一瞬、凍りついた。

リンダはレーダー・スクリーンから目を離さず、航空機かミサイルが接近する気配はないかと監視していた。〈トライトン・スター〉のコンテナからミサイルが発射されるとは、だれも予想していなかった。

「どういう種類のミサイルだ?」オレゴン号でもっとも兵器に詳しいマーフィーに、マックスはきいた。

「ブラモス巡航ミサイル」マーフィーが、即座に答えた。「超音速、コンピュータと誘導システムはインドの設計」

マックスの最優先事項は、オレゴン号を護ることだった。「防御手段を始動。対空ミサイルでロック・オンし、撃て」

「アスターを発射する」マーフィーがいった。その直後に、ヨーロッパ製の対空ミサイルが、巡航ミサイルに向けて発射機から撃ち出される音が、オレゴン号の船体に反響した。

「ガットリング機関砲《ガン》とメタルストーム射撃準備」マーフィーがつけくわえた。

アスター対空ミサイルは、オレゴン号の主要防御兵器だった。しかし、巡航ミサイルが旋回して、アスターを回避したときには、オレゴン号は第二の防御兵器を使用する。船体のパネルがあいて、一分間に三千発という発射速度で二〇ミリ・タングステン弾を発射する六銃身のガットリングガン三門が現われた。船尾ではメタルストームが持ちあがって、六ミリ秒に五〇〇発の発射体を電子的に撃ち出し、壁状の弾幕をこしらえる。

「ミサイルはこっちに向けて旋回しているか？」

「否《ネガティヴ》」リンダがいった。「直線コースをとって、南東に遠ざかってる」

「ターゲットまでの時間は？」

「針路を変えなければ」マーフィーが、不安のにじむ顔で、マックスのほうを向いた。

「巡航ミサイルを邀撃《ようげき》する時間は、三十二秒」

「なにが問題だ？」

「ブラモスは十秒早く発射されたし、アスターと最大速度がそんなに変わらない」アスターは短距離対空ミサイルで、襲来する航空機やミサイルを邀撃するよう設計されている。追撃するためのものではない。

マーフィーがスクリーンに地図を表示させた。マッハ三で離れてゆく巡航ミサイルが赤い輝点で示され、それを追っているアスターがマッハ三・五で徐々に距離を詰めていることがわかった。

「われわれがターゲットではないとすると」マックスはいった。「どこを目指してるんだ？」

「その方向の船かもしれない」リンダがいった。「だけど、レーダーには映ってない」

「ターゲットは船じゃないよ」エリックがいった。「地図を見て」

エリックは、地図を拡大して、ブラモスの現在の機首方位に点線をのばした。線はまっすぐディエゴ・ガルシアに向かっていた。

「ハリ、なんとかしてディエゴ・ガルシアに連絡して、神経剤を満載した巡航ミサイルがそっちに向かっていると伝えろ」

ハリが首をふった。「まだだれとも連絡がとれませんが、ひきつづきやってみます」

「弾着まで十秒」マーフィーがいった。

ふたつの輝点の距離が、じれったいくらいのろのろと縮まっていた。

マーフィーが、カウントダウンを開始した。

「五……四……三……」

そこでとまった。対空ミサイルを示す輝点が消えた。

「なにが起きた？」マックスがきいた。

マーフィーが、悔し紛れにパネルを叩き、マックスのほうを向いた。「ターゲットに追いつく前に、燃料が切れた。もうミサイルを撃墜できない」

「ディエゴ・ガルシアに弾着するまでの時間は？」

「九分です」エリックがいった。

「死傷者の予想は？」

「ミサイルに、盗まれたとされているノヴィチョクの半量が装塡されていたら、たいへんな惨事になります」

「ハリ、ファンを呼び出してくれ」

ほどなくハリがいった。「会長をスピーカーにつなぎました」

「ファン」マックスはいった。「ラスルがブラモス超音速巡航ミサイルを、〈トライトン・スター〉から発射した。アスターを発射したが、ブラモスを撃ち落とせなかった。

ラスルを見つけて、ミサイルの攻撃中止コードを発信させるしかない」

「口でいうのは簡単だが、まだ探しているところだ」

マックスは、スクリーンのタイマーを見た。ミサイルの弾着までの時間を、エリックが表示していた。

「プレッシャーをかけたくはないんだが、ラスルを八分三十秒以内に見つけないと、ディエゴ・ガルシアにいる人間はすべて死ぬ」

カブリーヨは、つぎの角に向けて通路をすばやく進んでいった。ラスルがひきかえしてきて迂回しようとした場合に備え、エディーがすぐうしろで掩護していた。カブリーヨは交差する通路で立ちどまって覗いたが、ラスルの姿はなかった。迷路のような通路で八分のあいだにラスルを見つけるのは、結果の読めない賭けのようなものだった。

「マックス」カブリーヨは、マイク付きイヤホンでいった。「ラスルを捕まえられなかったら、予備の計画が使えるかもしれない。ハリに、ラングストン・オーヴァーホルトに電話して、コロラド・スプリングズの第五〇宇宙航空団のバーバラ・グッドマンに連絡をとるよう頼んでくれ。テーセウス作戦だと伝えてくれ」

「あんたのいつもの代案の代案《プランC》だな」マックスがいった。カブリーヨがぎりぎりになって無茶な計画をひねり出す傾向があることに、あきれて目を剝いているのが見えるようだった。「アメリカでは真夜中だぞ。眠ってるのを起こさなきゃならない」

「全長一五〇メートルの船のなかで、ラスルをどうやって捜せばいいんですか？」エディーが、カブリーヨにきいた。

「ラスルはNBCスーツを着ている」カブリーヨはいった。「つまり、自分が持っているノヴィチョクを散布するつもりだ」

エディーがうなずいた。「目撃者を消したいんですね」

「しかし、われわれがラスルの計画を潰した。二隻になるとは思っていなかった」

「ラスルは神経剤を空中に散布するつもりだ。もうそのための計画があるのかもしれない」

「だったら、どうして逃げて船内に戻ったんだ。わたしが見たとき……」撃ち合いの場面を頭のなかで再生するあいだ、言葉がとぎれた。

「なんです？」エディーがきいた。

「ほんの一瞬、見ただけだが、手袋をはめていなかったと思う」

「忘れるはずがないでしょう」

「どうかな」カブリーヨはいった。「ポケットに入れていたのかもしれないが、そうでないとすると、代わりのものがいる」

「そこいらにある古手袋じゃだめですよ。化学物質から防護できないといけない」

「ゴム手袋のたぐいだな。ふたつの可能性が考えられる。ひとつは食堂だ。食器洗い用の手袋がある。もうひとつは、ひきかえして、キース・タオのスーツの手袋を取る」

「二手にわかれますか？」

「それがいい」カブリーヨはうなずいた。時計はスーツの下なので、確認できない。

「七分くらいしか残っていないだろう」

「おれは食堂へ行きます」

「わたしはタオの死体を確認する。いいか、ラスルを生かしておく必要があるぞ」

エディーがうなずき、食堂のほうへ走っていった。

カブリーヨは、来た方角に向けて突っ走りながら、マックスに無線で計画を教えた。レイヴン、リンク、マクドがNBCスーツを着ているところで、用意ができたら乗り移って捜索を手伝うと、マックスが返事した。さらに、あと六分半しかなく、依然としてディエゴ・ガルシアとは連絡がとれず、危険が迫っていることを警告できないと告げた。

カブリーヨは、向きを変えて、コンテナの列のあいだを進むことにした。ラスルがおなじところを通っていれば、背後から追いつける。

コンテナのあいだの空間まで行くと、コンテナのドアがあいたままなのが見えた。その先にタオの死体がある。

NBCスーツは血まみれだったが、手袋はそのままだった。

サブマシンガンを構えて前進したカブリーヨは、コンテナの列の端に達して、あいたドアの横をそっとまわった。まだラスルがいる気配はない。

この計画は失敗だったかもしれないと思いかけたとき、コンテナのなかで金属が当たる音が聞こえた。カブリーヨが角から覗くと、NBCスーツとそろいの手袋をはめたラスルが、除染室から出てきた。

カブリーヨは、ダッフルバッグを調べなかった自分を叱《しか》った。ダッフルバッグに手袋がはいっていたから、ラスルは戻ってきたのだ。

ラスルは、バケツ型のロケット式安全索発射機を持っていた。カブリーヨは瞬時に、ラスルの狙いを見抜いた。

「それを捨てろ、ラスル！」カブリーヨはどなった。

ラスルがふりむき、信じられないという顔で、カブリーヨを見た。表情が見えたのは、カブリーヨのようなゴーグルではなく、フルフェイスのマスクを付けていたからだ。

ラスルは躊躇《ちゅうちょ》しなかった。カブリーヨの警告を無視して、バケツの口を空に向け、引き金に手をかけた。

カブリーヨは、ラスルの肩に一発を撃ち込んだ。生かしておく必要がある。ラスルの体がまわって、仰向けに倒れたが、そのときに引き金にかけていた指を閉じた。ロケットがラスルの頭のそばを通り、除染室に飛び込んで、そこで跳ね返り、燃料が切れた。

カブリーヨは駆け出した。ラスルがベルトの拳銃に手をのばしたが、手袋のせいでもたもたしていたので、カブリーヨがすばやく手首を踏みつけた。

「ミサイルの自爆コードは、どうやって送信するんだ?」カブリーヨは、P90をラスルの顔に向けて語気鋭くきいた。

「電話は前のポケットにある」ラスルが、にやりと笑っていった。

ラスルの動かせるほうの手をブーツで踏みつけたままで、カブリーヨは手を下にのばし、携帯電話を抜いた。HOMEボタンを押すと、パスワードを要求する画面が出た。カブリーヨの手袋は、タッチパッドが使えるように作られている。

「パスワードは?」

「いうもんか」ラスルの喉がごぼごぼという音をたてた。薄笑いが消えた。唇が真っ蒼になりはじめた。

ノヴィチョクの効果だ。カブリーヨが撃ち抜いたところから、神経剤がＮＢＣスーツにはいり込んだのだ。

「数秒で死ぬぞ」カブリーヨはいった。「パスワードを教えるか、さもなければ死んだおまえの親指の指紋を使う」

ノヴィチョクに体の制御を奪われたラスルが、のけぞって苦悶《くもん》の悲鳴をあげた。それから静かになって、体が硬直したが、目がまだ見えているのが、カブリーヨにはわかった。激しい悲嘆の涙が、目からあふれていた。

カブリーヨは、ラスルの手袋をひっぱって脱がせ、左右の親指の指紋でロックを解除しようとした。

だめだった。携帯電話から中止の信号を送れるようになっていたとしても、五分間でコードを解読してそこまでたどり着くのは無理だ。

残された方法はひとつしかない。カブリーヨは、オレゴン号に向けて走っていった。

ミサイルがディエゴ・ガルシア上空で爆発するのを防げなかったら、基地にいるものは全員、ラスルとおなじおぞましい悲運に見舞われる。

11

露天甲板を走りながら、カブリーヨはイヤホンのマイクでいった。

「エディー、オレゴン号に急いで戻れ。わたしはノヴィチョクの粒子を浴びたから、きみが先に行け」

「行きます」エディーが応答した。

「マックス」カブリーヨはいった。「わたしはオプ・センターへ行く。ラングストンと連絡はとれたか？」

ラングストン・オーヴァーホルト四世は、カブリーヨがＣＩＡにいたころの上司で、文字どおりの意味と比喩《ひゆ》的な意味で、すべての死体が埋められている場所を知っているので、八十代になってもなお、勤務することを許されている。〈コーポレーション〉を結成してオレゴン号を建造するようカブリーヨに勧めたのはオーヴァーホルトで、この作戦も含め、すべてのＣＩＡの作戦で窓口を引き受けている。

「起こしたときには、ちょっとふらふらでかなり不機嫌だった」マックスが答えた。「きのうの一〇キロ走から回復しかけていたのにとか、どうとかいってた。でも、電話はつながってるよ」

「バーバラ・グッドマンのほうは？」

「オーヴァーホルトがあらゆるコネを使って電話に呼び出した」

「よかった。ブラモスの攻撃中止システムは使えない」エディーが通板を走って渡るのを見ながら、カブリーヨはラスルがどうなったかをマックスに話した。

エディーが無事にオレゴン号の船内にはいると、カブリーヨは仮設除染システムのテントにはいった。除染システムを作動すると、NBCスーツにノヴィチョクの粒子と反応して無害化するように生成された濃縮次亜塩素酸イオン溶液がふり注いだ。九十秒後にライトがグリーンになり、除染が終わったことを知らせた。カブリーヨはマスクを投げ捨て、NBCスーツを脱いで、オプ・センターに向けて駆け出した。

カブリーヨがオプ・センターにはいると、マックスが指揮官席から立ち、機関ステーションへ行った。

「ストーニー、通板を上げて、オレゴン号を〈トライトン・スター〉から離れさせろ」席につくと、カブリーヨはエリックにいった。海に浮かんでいるかもしれないノヴィチョクの残滓《ざんし》でオレゴン号を汚染されないためだった。

　オプ・センターの正面の巨大なスクリーンに、ラングストン・オーヴァーホルトのいかつい顔が映り、カブリーヨを睨みつけていた。襟まできちんとボタンをかけたパジャマの上に、シルクのバスローブを羽織っている。

「重大事だというのは、わかっている」オーヴァーホルトが、バリトンのがらがら声でいった。「きみがテーセウス作戦のことを口にするのは、久しぶりだからな」

「重大事です」いつもの遠まわしなやりとり抜きで、カブリーヨはいった。「神経剤弾頭を搭載した巡航ミサイルがディエゴ・ガルシアに向けて飛んでいて、撃ち落とせと基地に警告することができません。三分ほどで弾着すると推定しています」

　オーヴァーホルトはうなずいた。「ブラモスだとマックスがいっていた。これならうまくいくと確信しているんだな？」

「いいえ。でも時間も選択肢もありません」

「会長」ハリが口を挟んだ。「バーバラ・グッドマンが、テレビ電話に出ました」

「スクリーンに出してくれ」カブリーヨはいった。

　引き締まった体つきで、顔の輪郭がはっきりしている、茶色い髪をショートにした三十代の女性が、メインスクリーンにオーヴァーホルトとならんで映し出された。はっきりと目が醒《さ》めていて、プレスのきいた空軍の紺の軍服を着ていた。肩のエポレットには、大佐であることを表わす銀の柏葉《かしわば》の徽章《きしょう》があった。

「やあ、バーバラ」カブリーヨはいった。「電話に出てくれてありがとう。シュライヴァーにいるんだろう?」コロラド・スプリングズのシュライヴァー空軍基地は、GPSを管理する空軍宇宙集団第五〇宇宙航空団の本拠地だった。管制室のようなところにいるようだったので、そうであってほしいとカブリーヨは思った。

「またお会いできてよかった、ファン」笑みをひらめかせて、グッドマンがいった。

「ええ、シュライヴァーにいるけれど、タイミングが悪いわよ。十五分前から、基地一カ所との通信が途絶えている原因を突き止めようとしているところなの」

「ディエゴ・ガルシアのキャンプ・サンダーコーヴだろう?」

グッドマンが、驚いて口をあけた。「どうして知っているの?」

「その島の北西約三五〇海里にいるからだ。恐ろしい化学兵器を搭載した巡航ミサイルが、いまそこへ向かっている。警告しようとしたが、応答がない」

「手助けできない。こっちもあなたたちとおなじで、わけがわからないのよ。わたしにできることはない」

「いや、テーセウスがある」

グッドマンが眉根を寄せて、カメラのほうに身を乗り出した。「それは必知事項《ニード・トゥー・ノウ》よ」

「信じてくれ。ここにいる人間は全員、高度の保全適格性認定資格《セキュリティ・クリアランス》があり、必知事項を知る資格がある」

テーセウスは、GPSの特殊な機能で、宇宙集団の外部にはほとんど知られていない。GPSは世界中の国々が軍も含めて使用しているが、どこかの軍がアメリカを攻撃するときに、そのアメリカの衛星利用航法システムを誘導に用いる危険性もある。

米軍は、武力紛争が起きたときに、正しくないGPS座標を発信して、敵国の誘導システムを欺瞞《ぎまん》したいと考えた。そこで、だれにも知られずに作動できる、隠れた制御システムとして、テーセウスが開発された。テーセウスは、それにくわえて、ロシアのアナログGPS、GLONASSと、インドのNAVICも、混乱させることができる。カブリーヨがCIAにいたときに、テーセウスのソフトウェア設計と、その存在についての秘密が盗まれたことがあった。そのとき、カブリーヨはグッドマンとチームを組み、それが中国の手に渡る前に取り戻した。

「その地域でテーセウスをいま作動させなければならない」カブリーヨはいった。ディエゴ・ガルシアはインド洋の南寄りにある離島なので、狭い範囲のGPS情報変更が海上交通の安全に影響をおよぼす可能性は低い。「ミサイルを四〇海里以上、東にそらしてくれ」気象情報によれば、ミサイルはそれにより島の風下に落下することになる。

「なんですって?」グッドマンが、びっくりしていった。「テーセウスは、一度も運用したことがないのよ。戦争中に作動させるものだから」

カブリーヨは、席を立って、スクリーンに近づいた。「バーバラ、九十秒以内にきみがテーセウスを作動させなかったら、ディエゴ・ガルシアで三千人が死ぬだろう」

グッドマンがためらっていたので、カブリーヨはつけくわえた。「厳しい決断だというのはわかっているが、わたしのことは知っているだろう。確実でなかったら頼まない。文字どおり、やるか、それとも死ぬかなんだ」

グッドマンが顔をゆがめ、画面に映っていない左手のだれかに向かっていった。「ディエゴ・ガルシア上空でテーセウスを作動……聞こえたでしょう……わかっている……わたしの許可により……やりなさい！」

ミサイルが誘導プログラミングをあらためて読み直し、ブラモスが針路からずれていると思い込むようにするために、バーバラが座標を読みあげた。テーセウスが設計どおりに機能すれば、巡航ミサイルは弾道を修正し、新たなターゲットの座標に向かうはずだった。

グッドマンが、スクリーンのほうを向いた。「これでわたしの軍歴もおしまいね。それに、あいにく通信が途絶しているから、うまくいったかどうか、確認できない」

「うまくいかなかったら、じきにわかる」カブリーヨは答えた。巡航ミサイルは現在、オレゴン号のレーダー覆域を出ていた。

ハリが、片手をあげた。「うまくいってるかどうか、教えられるかもしれません」

「どういうことだ?」カブリーヨはきいた。

「短波でモールス符号を発信しているのを、受信しました。電波は弱いですが、送信者はディエゴ・ガルシアの空軍軍曹で、数カ月前から自分がいじくっている第二次世界大戦時代の旧式無線機を使っているといっています。軍曹の名はジョーゼフ・ブラント」

グッドマンが、また口をぽかんとあけた。「私たちが連絡を取ろうとしている通信士のひとりよ」

「ハリ」カブリーヨはいった。「ブラモスが島の上空で爆発した場合に備えて、全員、防空壕《ごう》に避難するようにいってくれ」

「それで神経剤から身を護れるの?」グッドマンがきいた。

「わからない」カブリーヨはいった。「しかし、やって損はない」ハリのほうにうなずいてみせた。

「アイ、会長」ハリが答えた。

「そのメッセージを送ってから、ミサイルが飛んでくるのが見えるかどうか、きいてくれ」


胴体着陸させたB‐1B爆撃機はどうにもできないので、ジェイ・ペトクナス少佐と搭乗員三人は、着後報告《デブリーフィング》を行なうために、ディエゴ・ガルシアの空軍部隊本部ビルに向けて歩いていった。もっとも、基地の機能が回復するまでは、自分たちの身に起きたことを聞くのは優先事項ではないだろうと、ペトクナスは思っていた。基地全体が、妙に静かだった。波の砕ける音やカモメの鳴き声が、機械の音や車両の走る音に乱されていなかった。

本部ビルまで八〇〇メートルというところで、急に人工物が近づいてくる音が耳にはいった。エンジン音。ディーゼルのV8のようだった。

ペトクナスが見まわすと、八〇年代の古いピックアップ・トラックが、すさまじい速度で接近してくるのが見えた。車体を大きく揺らして、ペトクナスのそばにピックアップがとまったとき、荷台に空軍兵士がぎゅうぎゅう詰めに乗っているのがわかった。

「少佐、急いで防空壕に行かないと」運転手が、敬礼抜きでいった。

「なんだって?」ペトクナスはいった。いよいよ不可解な一日になってきたと思った。

「ちょっと待て。このピックアップだけが動いているのは、どういうわけだ?」

「電子部品に関係があるみたいです。この車には、マイクロチップがいっさいないんです」

ペトクナスは、ラーソンのほうをちらりと見た。うなずきが返ってきた。射出座席も含めて、B‐1Bのシステムがすべて機能しなくなったわけが、それで説明できる。

「どうして防空壕に行かなければならないんだ?」ラーソンがきいた。

「攻撃を受けてるからです。すみません、通信が途絶してるので、海軍の司令官に自分がメッセージを届けなければなりません」

乗せてくれとペトクナスがいう前に、ピックアップは走り去った。

「いったいなんの話だ?」わけがわからないという顔でピックアップを見送りながら、ラーソンがいった。「何者がわれわれを攻撃してるんだ?」

「さあ」ペトクナスはいった。「しかし、真剣な口調だった。それに、電力や通信が使えなくなったのは、攻撃の前兆かもしれない。急ごう」

四人とも、歩度を速め、走り出した。数百メートルしか行かないうちに、数十メートル上を電光のような速さでなにかが閃くのが見えた。

「伏せろ！」ペトクナスが叫び、四人ともアスファルト舗装面に腹ばいになった。

つぎの瞬間、ソニックブームが四人を襲い、地面を揺らした。

だが、爆発はなかった。ミサイルが東に遠ざかるにつれて、小さなジェットエンジンの音は弱い風のなかで消えた。

ペトクナスは立ちあがり、フライト・スーツの土埃《つちぼこり》を払った。あとの三人も立ちあがり、ラーソンがいった。「なんだったんだ？」

ペトクナスは、驚きのあまり首をふった。「まったくわからない」

「会長」ハリがいった。「ブラント軍曹が、巡航ミサイルはディエゴ・ガルシアの上空を越えて、東に飛んでいったといってます。飛び去ったようです」

オプ・センターにいた全員が、ほっとした。危険は消滅した。

「聞いたか、バーバラ」カブリーヨはグッドマン少佐にいった。「きみは島全体を救ったんだ」

「感謝するわ」ほっとして笑みを浮かべ、グッドマンがいった。「あなたがあれほどきっぱりと断言しなかったら、わたしは手遅れになるまでテーセウスを作動させなかったかもしれない」

「巡航ミサイルの燃料が切れるまで、念のために作動させつづけたほうがいい。われわれの計算では、あと二分でいいはずだ。往来のまれな水域だから、ノヴィチョクが散布されても、広い海の上で散らばるだけだ。確認したところ、付近に船舶はいない」ノヴィチョクは、ひろがるあいだ短時間、海水を汚染するかもしれないが、ほかの場所を汚染するよりはずっとましだ。

「それがよさそうね」グッドマンはいった。「あなたのところの通信士に、ディエゴ・ガルシアとの通信を中継してもらうわ。それから、許可なく秘密兵器システムを作動させた理由を、宇宙集団司令官に説明しないといけない。降等されるか、勲章がもらえるか、どちらかでしょうね」

「あとのほうになるように、わたしが手配りする」まだスクリーンに出ていたラングストン・オーヴァーホルトがいった。

「ありがとうございます」グッドマンがいった。

「ハリ」カブリーヨはいった。「バーバラの通信をきみのステーションに移してくれ。

テレビ会議の手配、よくやってくれた」

全員に見られているのに気づいたハリが、謙虚な笑みを浮かべた。「ありがとうございます、会長。お役に立ててうれしいです」

グッドマンの顔がメイン・スクリーンから消え、オーヴァーホルトだけが残った。

「この任務をきみたちにあたえたときには予想もしていなかった事態に拡大したな」オーヴァーホルトがいった。「しかし、神経剤の紛失どころではない状況なのは明らかだ。ディエゴ・ガルシアの電子機器が突然、使えなくなった原因は、軍が調査するだろうが、そもそもそこが狙われた理由を突き止めてほしい」

カブリーヨはうなずいた。「まず最初に、タオと〈トライトン・スター〉の乗組員を殺し、大量殺人の罪をかぶせるためにラスルが雇われた理由を探るつもりです」

12

シドニー

ジェイソン・ウェイクフィールドは、シドニーの中心街にあるヴェダー・テレコムの高層ビルから大股に出ながら、〈無名の九賢〉の他の八人と話をするときだけに使う、暗号化された携帯電話で話をしていた。アショーカ王以来、何世代にもわたって伝えられた『智識の書／伝達の巻』の受贈者の子孫であるウェイクフィールドは、ヴェダー・コミュニケーションを創業して、世界的な電話・ネットワーキング企業のヴェダー・テレコムに発展させた。電話の相手は、『錬金術の巻』受贈者の子孫でカナダ人のライオネル・グプタだった。グプタは世界最大のエンジニアリング会社のひとつであるオアダイン・システムズの経営者だった。

「それじゃ、きみは」グプタが、いつものむっつりした口調でいった。「世界中の電話網を所有していて、それにはイタリアの電話網もふくまれているのに、ナポリで〈コロッサス5〉に破壊工作を行なったやつらに関する情報を、なにも見つけられないというのか？　爆薬を起爆させた電話の出所もわからないのか？」

ウェイクフィールドは、巨大な摩天楼《まてんろう》の前にとまったメルセデス・マイバッハのリムジンのミラーウィンドウに映る自分の姿をちらりと見た。インド人の曾《そう》祖父がオーストラリアに移民し、欧米風の名前にして、ニュー・サウスウェールズの新聞社主の娘と結婚した。だから、ウェイクフィールドはベンガル人ではなく白人のようだった。つややかな黒髪、浅黒い肌、サヴィルローで仕立てたスーツは、彼が六度離婚したことを社交欄《らん》で読んでいるひとびとに、よく知られていた。六度目はまだ最終段階だった。ボディガードがドアをあけて押さえているあいだに、ウェイクフィールドは髪の乱れを直し、ラペルから糸屑をつまみ取ってから、マイバッハに乗り込んだ。ボディガードが助手席に乗り、リムジンが走り出した。

いつもどおり後部のテレビは、地元のアンリミテッド・ニューズ・インターナショナル（ＵＮＩ）に合わせてあった。ニュースがはじまったばかりで、画面ではしゃれたグラフィックと〝あなたとわたしとＵＮＩ〟という宣伝文句が輝いていた。ウェイクフィールドはテレビの音を消して、防音パーティションを閉じてから、グプタとの話を再開した。

「船が攻撃されてから、まだ四十八時間しかたっていない」ウェイクフィールドは、グプタが短気なことに腹を立てていた。「いまのところ、確実にわかっているのは、爆弾のためにクレーンが倒れ、衛星アンテナが破壊されたことだけだ。それに、世界中のニュースとメディア企業を所有しているザヴィア・カールトンも、まだなにも突き止めていない」

「それはUNIが、地の果ての島で起きた停電みたいな馬鹿なことの報道に、時間を無駄にしているからだ」

「そうだな。いまそれを見ている。アメリカの極秘軍事基地で停電が起きるというのは、たしかに驚くべきニュースだ。それに、その事件が起きたタイミングが嫌な感じだ。コロッサスの完成直前だったからな」ウェイクフィールドが話をしているあいだ、不可解な停電がトップニュースとして報じられ、ディエゴ・ガルシアの衛星画像の録画が再生されていた。

「関係があるというのか?」グプタがきいた。

「だから突き止める必要があるんだよ。アラビア海でマリクのロケットがほぼ同時に爆発しているから、なおさらだ。なにかが起きている」

グプタは口ごもった。「それじゃ、九人のなかに裏切り者がいると疑っているのか?」

「〈コロッサス5〉にあんな破壊工作ができる人間は、ほかにはいないじゃないか? きみも疑っているんだろう?」

「ああ。二日後に会合をひらくのは、それが理由だ。こういったことすべての背後にだれがいるのか、突き止めなければならない」

「どうやってそれをやる?」ウェイクフィールドはきいた。

「いま話すことはできない」

「暗号化された電話でも安全ではないと思っているのなら、電話では話をしないほうがいい」それがなにを意味するかに気づいて、ウェイクフィールドは身を乗り出した。

「待て。わたしが裏切り者だと思っているのか?」

「われわれの計画に、きみは乗り気ではなかった」

「欠点を指摘してときどき反対意見を述べるのは、それぞれの役割だ。きみだってそうだ」ウェイクフィールドはいった。「とはいえ、進めるのがわれわれと人類の両方の利益になると、全員が合意した。それに、きみが裏切り者ではないと、どうしていい切れる?」

「そのとおりだ。だが、だれが裏切り者なのかを、見つけ出す方法があるかもしれない」

「話してくれ」

「会合までは明かせない」グプタがいった。「そのときに、みんなでどう処理するかを決められる」

「ゴール到達間近なんだ、ライオネル」ウェイクフィールドはいった。「いまさらだれかが手を引くようなことがあってはならない」

「わかっている。そうはならない。われわれは一生ずっとこのために努力してきたんだ。先祖代々、ずっと努力してきたんだ」

グプタが電話を切り、ウェイクフィールドは、携帯電話を座席にほうり出した。さいわい、全壊したわけではなかったし、よりよい未来を目指す旅を終えるのが何年も遅れたわけではない。いそいで船を修理して、運用できるようにすればいいだけだ。

〈コロッサス5〉が損壊したという報せを受けてから、ほとんど眠っていない。さい
ウェイクフィールドは目を閉じて、アポイントメントの場所に着くまで、緊張を和らげようとした。そのうちに眠り込んでしまい、前に投げ出されて、フロントシートの背もたれにぶつかったせいで、目が醒めた。スーツに皺が寄るので、シートベルト

は締めない習慣だったが、締めていればよかったと思った。パーティションに激突して、鼻がぐしゃりという音をたて、血が顎に流れ落ちた。

　マイバッハがタイヤを鳴らして急停止した。

「伏せて！」ボディガードが叫んだ。

　ぼうっとして、混乱し、自分の血にまみれていたウェイクフィールドは、ボディガードの指示に従わなかった。防弾のはずのフロントウィンドウを貫通した銃弾によって、運転手の頭が吹っ飛ぶのを見ていた。運転手がハンドルの上に倒れて、クラクション・ボタンが押され、クラクションが鳴りつづけた。

　ボディガードが、フロントウィンドウをみごとに貫通した徹甲弾《てっこうだん》数発をよけた。パーティションのおかげで、ウェイクフィールドのところに弾丸は到達しなかった。ボディガードが車外に出て応射したが、たちまち三発を胸に食らい、ぬいぐるみの人形みたいに転げまわってから、歩道に倒れ込んだ。

　黒い目出し帽をかぶった男三人が、マイバッハに近づいた。ひとりが巨大なドリルを持ち、あとのふたりが自動火器を持っていた。

　パニックを起こしたウェイクフィールドは、ドアがロックされていることをたしかめた。ウェイクフィールドは戦士ではないし、銃は持っていなかったので、携帯電話を取ろうとした。だが、さきほど置いたシートの上になかったので、フロアに伏せて、必死で探した。

携帯電話を見つけたときには、ドリルを持った男が、ドアのロックを削り取っていた。

ウェイクフィールドは、オーストラリアの緊急通報番号の000を押した。「頼む、早くしてくれ」呼び出し音が鳴るあいだ、つぶやいた。

車の外では、ヒンドゥー語の方言とおぼしい言葉で、三人がどなり合っていた。

携帯電話からカチリという音が聞こえて、相手がいった。「救急隊です。どこの町、もしくは郊外からおかけですか？」

「わからない」ウェイクフィールドは、落ち着いた声を出そうとした。電話が公の記録に残ることを知っていた。「シドニーの中心街のどこかだ。男たちが運転手とボディガードを撃ち殺し、車に押し入ろうとしている」

キーボードを叩く音が聞こえた。「そちらの位置を突き止めようとしているところです。警察が出動しました。お名前は？」

「ジェイソン……」

車のドアがこじあけられた。力強い手がのびてきて、ウェイクフィールドの腕をつかんだ。ウェイクフィールドはひきずり出され、携帯電話をむしり取られた。目出し帽の男が、携帯電話を道路にほうって踏みつけた。

その男が指揮をとっているらしく、白いパネルバンのほうに顎をしゃくって、ウェイクフィールドを押さえているあとのふたりに命令口調でなにかをいった。

ウェイクフィールドは、もがいて離れようとしたが、指揮をとっている男に顔を平手打ちされた。折れた鼻を殴られて、ウェイクフィールドの頭に激痛が走った。体の力が抜け、男たちにひきずられていった。

目出し帽のリーダーが、バンのスライド式のドアをあけた。誘拐対策の訓練を受けていたウェイクフィールドは、連れ込まれないようにしなければならないのを知っていたが、力が出なかったし、激痛に襲われていた。ほとんど抵抗できなかった。

バンに投げ込まれそうになったとき、パーンという大きな音が聞こえ、バンの白いボディに血が跳ねかかった。最初は、撃たれたがショックのために感じないのかと思った。

そのとき、目出し帽をかぶったリーダーの血走った目が見えた。胸に大きな穴があいていた。

リーダーが地面にぐったりと倒れたとき、さらに二発の銃声が響き、あとのふたりがウェイクフィールドを離して倒れた。

ウェイクフィールドは、自分も撃たれるものと思いながら、ゆっくりと転がった。高級そうなスーツを着たひとりの男が、拳銃の銃口を地面に向けて近づいてくるのが見えた。男がかがみ、目出し帽の三人を調べた。

立ちあがると、男はいった。「死んでる」

「あんたはだれだ?」ウェイクフィールドはきいた。

「アサド・トルカン」救い主がいった。「ロミール・マリクさんに、あんたの身辺に目を配るよう頼まれた」賢明だったとわかった。

「マリクがよこしたのか?」

「〈無名の九賢〉のなかに裏切り者がいると、マリクさんは考えてる。いっしょに来てくれ。こいつらの応援が来るかもしれないから、ここを離れなきゃならない」

アサドと名乗った男が、ウェイクフィールドに手を貸し、ハンカチを渡して、シルバーのBMWのところへ連れていった。ウェイクフィールドが助手席に乗るのを手伝い、運転席に座るとすぐにBMWを発進させた。猛スピードで離れるとき、サイレンの音が近づいてきた。

ウェイクフィールドは、痛む鼻にハンカチを当てて、仰向けになった。「だれが誘拐を指図したか、知っているのか?」

「マリクさんが知ってるかもしれない」アサドが、携帯電話を親指でまさぐりながらいった。

「こんなことをやる理由は?」

返事の代わりに、アサドが電話に向かっていった。

「マリクさん、非常事態です。だれかがジェイソン・ウェイクフィールドさんを誘拐しようとしました……はい、無事です……ありがとうございます……仕事をやっているだけです」アサドが向きを変え、ウェイクフィールドに笑みを向けた。「でも、マリクさんの洞察力がなかったら、いまごろウェイクフィールドさんはまちがいなく死んでいたでしょうね」

13

インド洋

ミサイル攻撃の翌日、駆逐艦〈グリッドレイ〉がオレゴン号と〈トライトン・スター〉のいる水域に到着した。ＨＡＺＭＡＴチームがさっそく汚染した貨物船内で手がかりを捜しはじめ、捕虜の乗組員は訊問のために駆逐艦のＣＩＡ諜報員たちに引き渡された。

カブリーヨは、オレゴン号の二艘《そう》の高速救命艇のうちの一艘に、マックスとともに乗っていた。波の静かな水平線の上で、オレンジ色の陽が沈みかけていた。ＣＩＡの派遣要員への事後報告をカブリーヨが一日かけて済ませ、マックスの操縦で救命艇は〈グリッドレイ〉から遠ざかっているところだった。駆逐艦の乗組員に姿を見られないように、オレゴン号は一〇海里の距離を保っている。〈トライトン・スター〉の乗組員に識別されないように、オレゴン号は塗装を塗り替え、様態を変えているところだった。

Ｂ‐１Ｂが、ディエゴ・ガルシアの滑走路脇の波打ち際に機首を突っ込んで動けなくなっているとカブリーヨが話すと、マックスは首をふった。

「そんな不時着で生き延びたとは、よっぽど運のいい連中だな」マックスはいった。

「機長が優秀だったようだ」カブリーヨは答えた。「油圧しかきかないのに、着陸させたんだから」

「コンピュータが停止した理由について、なにか話は？」

カブリーヨは首をふった。「だが、復旧した。コンピュータが永久にだめになったわけではなかった。ディエゴ・ガルシアの技術者たちがいうには、コンピュータが電波妨害を受けたような感じだったそうだ。集積回路の電子の流れが途絶したらしい。電子部品の基本的な機能ではなく、マイクロチップだけが機能不全を起こした。ミサイルが弾着するはずだった時刻の一分前に、その影響は消えた。ミサイルがディエゴ・ガルシア上空で機能不全にならなかったのは、そのためだ。いまは基地と港内の艦船のコンピュータは、すべて回復している」首をまわして、カブリーヨはいった。

「エリックとマーフィーが、どういうことなのか突き止めるかもしれない」カブリーヨの部下のテクノロジー天才たちも、事後報告を行ない、先にオレゴン号に帰っていた。

「どういう兵器であるにせよ」マックスがいった。「オレゴン号にも危害を及ぼすおそれがある。船内のものはすべてコンピュータ制御だ。海に浮かんだまま動けなくなるぞ」

「わたしもそれを考えた。コンピュータがいかれても作戦を行なえる方法を、じっくりと考えよう」

「もうその目標に取り組んでる。タオの乗組員の見張りをやらなくてよくなったからな」

「あいつらはＣＩＡに任せればいい」カブリーヨはいった。「〈トライトン・スター〉ごと」

「ミサイルの出所はわかったのか？」

「分解してモザンビークへ運ばれたと、ＣＩＡでは考えている。〝農機〟と書かれたコンテナにはいっていたのがそれだ。発射機のシリアルナンバーから、パキスタンで盗まれたことがわかったが、その先は追跡できない」

「それじゃ、ふり出しに戻ったわけだ」マックスはいった。「この一件の黒幕について、ＣＩＡにはなにか推理があるのか？」

「ＣＩＡはイランに的を絞っている——苗字《みょうじ》がまだわからないラスルのことがあるからだ——それと、パキスタンだな。イランがディエゴ・ガルシアを乗っ取ろうとしたか、あるいはパキスタンにいるイスラム系のテロリストが、アメリカのアフガニスタン空爆能力を奪おうとしたか」

「しかし、〈トライトン・スター〉の乗組員に罪を着せる理由はなんだ？　おれたちがいなかったら、やつらがミサイルを発射してから、事故か自殺で死んだように見られてただろう」

「わたしもそれを疑問に思っている」カブリーヨはいった。「それに、攻撃は自分たちがやったと名乗りをあげたテロ組織もない」

「攻撃があったことを知る人間すらほとんどいない。おれはニュースを丹念に見てるが、いまのところは、発電所の定期点検の最中に、突然、島全体で停電が起きたというのが、公にされてるニュースだ」

「軍は、ディエゴ・ガルシアからのソーシャルメディア、電話、インターネット・アクセスを、いっさい中断して、実情を知られないようにしている。攻撃を首謀した連中は、成功したと思っているかもしれない」

「CIAの推理を鵜呑《うの》みにできるか？」マックスがきいた。

「イランが黒幕だとは思えない」カブリーヨはいった。「イランの犯行だというのがばれたら、アメリカとの全面戦争になる」

「テロリストの線は？　ISISやアルカイダは？」

「そういう集団がやったのなら、世界中のニュースで、でかくて悪いアメリカを叩きのめしたと吹聴《ふいちょう》するはずだ。いや、まったくちがうことが起きているのだと思う。テストかもしれない」

マックスは、眉間《みけん》に皺を寄せて、カブリーヨの顔を見た。「なにもかも、EMP兵器もどきが機能するかどうかをたしかめるためだったというのか？」

カブリーヨは片手をあげて、指を一本ずつ折りながら答えた。「孤絶した基地。名高いターゲット。この手の攻撃に対して強化されているはずの施設。何者かが、かなりの手間をかけて、この作戦を成功させようとした。わからないのは、発射した理由とタイミングだ」

「たしかに奇妙だな」マックスがいった。「われわれが〈トライトン・スター〉を海上で阻止する前に、ミサイルを発射できたはずだった」

「ということは、キャンプ・サンダーコーヴは、最初のターゲットではなかったのかもしれない。われわれが〈トライトン・スター〉に阻止行動を行なったのは、たんなる僥倖《ぎょうこう》だったのかもしれない。ラスルが謎の通信で指示され、ディエゴ・ガルシアの座標を打ち込んだのは、われわれの到着後だったことがわかっている」

「では、最初のターゲットは？」

「わからない。タオは、ラスルのコンテナはジュータ島に届けられることになっていたといっていた。しかし、ラスルがコンテナからミサイルを発射してから、乗組員を殺すつもりだったとすると、なぜジュータ島への針路をとっていたんだろう？」

「ジュータ島からミサイルを発射するつもりだったのかもしれない」

「その可能性はある」

「その島にはなにがあるんだ？」

「それと、その近くになにがあるかだ。エリックとマーフィーに、その疑問の答を探させている。しかし、島に行って調べるほうがいいと思う」

マックスは首をふった。「なにかがわかる見込みは薄いだろう」

「CIAもそう考えている。ほかに名案があったら、いつでも耳を貸すよ」

「いや、批判したわけじゃない。あんたの薄い見込みは、よく当たるからな」

オレゴン号に戻ったマックスとカブリーヨがオプ・センターへ行くと、マーフィーとエリックが激しくいい争っていた。

「どうしてそんなところへ行くんだ？」マーフィーは、かなり怒っていた。「わけがわからない」

「ぼくにわかるわけがないだろう」エリックがいい返した。「だけど、タオが、そこへ向かってるっていってたんだ」

「よしよし、ふたりとも」マックスといっしょにオプ・センターにはいりながら、カブリーヨはいった。「意見のちがいは、あとでビデオゲームの一騎打ちで解決しろ。わたしが調べろといった島のことだな？」

エリックがうなずいた。「ジュータ島は見つけましたよ」

「でも、〈トライトン・スター〉が定期的に寄港して、コンテナをおろしたっていうのは、ほとんどありえない」マーフィーがいった。

「なぜだ？」カブリーヨはきいた。

エリックが、ジュータ島の衛星画像を、メイン・スクリーンに呼び出した。砂浜に囲まれた円形の島で、熱帯のジャングルに覆われていた。道路や集落は見当たらない。

「これがジュータ島です――インド名で――インド西岸から二〇〇海里離れてます」エリックがいった。「欧米の地図では、発見者にちなんでキリングトン島と表示されてます。ご覧のとおり環礁に囲まれていて、自然の良港も、コンテナ船どころかヨットがはいれるような入江もありません。桟橋もない」

「タオは、コンテナの中身を出して、交通艇で運んでいたのかもしれない」カブリーヨはいった。「小船なら島に上陸できるだろう」

「上陸できたとしても」マーフィーがいった。「そうしたい理由を説明できないんですよ。陸地を踏んだとたんに殺されるんだから」

「なぜ?」マックスがきいた。「ブラジルの近くのあの島みたいに、毒ヘビだらけなのか?」

エリックが、首をふった。「いまの世界から完全に切り離されている土着の部族がいて、自分たちのテリトリーを侵す人間を敵視しているからです」

「キリングトンは偶然、そこに上陸して、そのせいで腹を槍《やり》で刺された」マーフィーがいった。「でも、残念賞として、島に自分の名前をつけてもらった」

「〈トライトン・スター〉がJ島と呼ばれるところに向かっているとわかったのは、コンピューターに記録があったからだ」カブリーヨはいった。「タオは、問い詰められたわけでもないのに、ジューター島だとわたしたちに教えた。嘘をつく理由はないから、そこに向かっているのだろうと確信したわけだ」

「目的地としては、奇妙ですよ」マーフィーがいった。「インド政府は、ジュータ島を立入禁止にしてます」

「それなら、いっそうひと目見たくなった」カブリーヨは、指揮官席に座りながらいった。「もちろん、こっそりと。エリック、針路を定めてくれ」

「アイ、会長」操舵ステーションにつきながら、エリックがいった。

「《ナショナル・ジオグラフィック》がうらやましがるでしょうね」マーフィーが、くすくす笑いながらいった。

「どうしてだ？　島の写真でも売るつもりか？」カブリーヨは、冗談をいった。

「そうしたら、大スクープだから、《ナショジオ》は莫大《ばくだい》な金を払ってくれますよ。インド側の記録によれば、島から生きて帰ってきた人間は、この四十年間、ひとりもいないみたいですよ」

14

ロンドン

〈無名の九賢〉のなかで、ザヴィア・カールトンは、飛び抜けて裕福だった。自家用ジェット機は九人とも所有しているが、ワイドボディのエアバスA380旅客機を自家用として所有しているのは、カールトンだけだった。しかも、いまあるのは二機目だった。一機目は十八カ月前に行方不明になり、捜索隊がオマーンとイエメンに打ち上げられた破片をいくつか見つけただけで、機体そのものは発見されていない。保険会社は支払いを遅らせていたが、カールトンは代わりを買う金に困ってはいなかった。特注の豪華旅客機をあと五機買っても、銀行口座に負担はかからない。

最初の〈無名の九賢〉のひとりだった先祖は、『智識の書／伝道の巻』を受贈された。その子孫たちは、ヨーロッパでもっとも有力な新聞をいくつか買収した。その富によって、カールトン一族は、ラジオやテレビのような他のメディアに進出した。やがて、インターネットがニュースやエンタテインメントを支配するようになった。

　現在、カールトンのアンリミテッド・ニューズ・インターナショナル（ＵＮＩ）は、世界一影響力が大きい複合メディア企業になっている。それでも、〈無名の九賢〉の他の八人への破壊工作を調査して、真相を突き止めるのには役立たなかった。

〈コロッサス５〉の修理が終わるまで一週間かかる、というのがいまの見通しだった。衛星アンテナは完全に破壊されていたが、サンパウロのインターネット企業向けにまったくおなじものが製造されているのを、カールトンが突き止め、市場価格の三倍で購入した。〈コロッサス５〉に取り付けるために、それを輸送しているところだった。

　翌朝、インドで行なわれる九人の会合にとって、そういったことはすべて朗報となるはずだった。全員が出席する会合は、一年以上ひらいていなかった。カールトンは、自分のエアバスに乗り、ヒースロー空港の駐機場で、ムンバイへの夜間飛行に備えていた。この旅の道連れが、まもなく到着するはずだった。

　カールトンが、メインデッキの専用オフィスで会議の計画を検討していると、ドアにノックがあった。

「はいれ」カールトンはいった。

専属アシスタントのナタリー・テイラーが、ティーポットとカップを載せた金の盆を持ってはいってきた。スラックスにブレザーという服装で、ブロンドの髪は肩に届くかどうかという長さだった。盆をテーブルに置くと、テイラーはいった。「グプタさまの飛行機が着陸しました。まもなくおいでになります」

「来たら案内してくれ」

テイラーがうなずき、出ていった。

カールトンが、窓のほうに首をのばすと、黒いSUVがタラップに横付けするところだった。五十代の肥満した男が、リアシートから出てきた。ライオネル・グプタのだらしない外見を見て、カールトンは首をふった。カールトンは四十八歳だが、引き締まった頑健な体つきだった。厳しく体を鍛えていることで有名で、旅行中でも運動できるように、エアバスの機内に専用ジムを設置していた。

一分後にテイラーがドアをあけ、タラップを昇っただけなのに息を切らしているグプタがはいってきた。カールトンよりもさらにすばらしい体軀《たいく》のテイラーが、おもしろがるような顔をしたが、なにもいわなかった。カールトンは立ちあがって、グプタの手を握り、座るよう促した。グプタが、よろこんで腰をおろした。

「紅茶は？」カールトンはきいた。

グプタがうなずいた。「クリームと、砂糖三つ」

テイラーが、ふたりのカップに紅茶を注《つ》ぎ、滑るようにオフィスから出ていった。

「メディアの世界は、あんたをだいぶ儲けさせているみたいだな」グプタが、金メッキがふんだんにほどこされた贅沢な調度品を見まわしながら、紅茶を飲んだ。生地は最高のシルク、木製品はすべてインドネシア産のチーク材の手彫りだった。

「仕事の話をしよう」カールトンは、紅茶をひと口飲んでからいった。「おたがいに、親から莫大な財産を受け継いで、それでより大きな富を築いた。きみは〈九賢〉のひとりでなかったら、世界最大のエンジニアリング企業を所有していなかっただろうし、わたしもそのひとりでなかったら、ここまでにはならなかっただろう」

グプタが、肩をすくめた。「いずれも、恵まれた身の上だ。それは弁解しない」

「弁解するには及ばない。だが、その富の使い道について、わたしたちには責任がある」

「賛成だ。だからこそ、われわれはみんな、コロッサス計画のために資源を統合している」

「賛成ではないものの、いるのかもしれない」カールトンはいった。「ジェイソン・ウェイクフィールド誘拐未遂は、ちょっと気がかりだな」

グプタが、ティーカップを置いた。「彼が死ななかったのは幸運だった。それでも、あすの会合には来るんだろう?」

「そう聞いている。しかし、それまで身を隠しているようだ」

「われわれもそうすべきかもしれない」

「わたしの飛行機に乗っていれば安全だ。最新の防御装備が完備しているし、つねに元特殊部隊員一個分隊を同行させている」

「その防御能力が、ご子息を救う役に立たなかったのは、まことに気の毒だったね。ご冥福《めいふく》をお祈りします」

グプタの心にもない言葉を聞いて、カールトンは口をとがらせた。「必要な犠牲だった。息子が怠惰な暮らしで身を持ち崩すのをやめて、〈無名の九賢〉を受け継げる人間になれるかもしれないと、わたしは思っていたが。そうはならなかった。それに、承継者に選べる息子は、ほかに四人いる」

グプタが、陰気な笑みを向けた。「たしかに」間を置いてからいった。「シドニーのウェイクフィールド誘拐未遂事件について、あまり心配していないように見えるが」

「どうして心配しなければならないんだ」カールトンは、身を乗り出した。「あんたが糸を引いていたのか?」

「滅相《めつそう》もない。わたしがやったとでも――」

カールトンは、笑みを浮かべ、手をふった。「落ち着け。きみではないとわかっている」

「どうして？」

「だれがやったか、わかっているからだ……きみは？」

「きのうまでは、〈コロッサス5〉攻撃はウェイクフィールドの仕業だと思っていた。それだけじゃない、ウェイクフィールドが襲われる直前まで、わたしは彼と話をしていた。嘘を見抜こうとして。いまでは、あんたが答をすべて知っているようだな。だれなんだ？」

「ロミール・マリク」

グプタが、顔を殴られたような感じで座り直した。「マリクが？　しかし、マリクはつねにコロッサス・プロジェクトには積極的だぞ。確信があるのか？」

「確信はある。だから、二日前に、彼の衛星打ち上げロケットを爆破した」

「あんたがやったのか？」グプタが叫んだ。目玉が飛び出しそうになっていた。「正気か？」

「とことん正気だ」カールトンは立ちあがり、ドアのほうへ行った。「来てくれ」

グプタは、カールトンのあとからオフィスを出た。会議室の横を通って、上の層のラウンジへ行き、広い階段を昇って、ベビー・グランドピアノがまんなかに置いてある、第二のラウンジへ行った。

さらに尾部方向へ進んで、豪華な特別室四部屋の横を通った。グプタは、そのうちのひと部屋を使うことになっている。尾部でふたりは、第三のラウンジに達した。奥の螺旋階段に向けて三つの段差があり、その上に革の椅子がならんでいた。階段の向こうのドアを隔てて、従業員居住区と調理室がある。壁には三日月刀、槍、クロスボウ、手裏剣など、さまざまな古武器が飾られていた。

グプタは、それらの武器をしげしげと見た。

「乱気流に巻き込まれているときには、この部屋にいたくないな」グプタはいった。

「壁にしっかりと固定してある」カールトンはいった。「たしかきみは、わたしとおなじように武器愛好家だったな」

グプタはうなずいた。「しかし、好きなのは銃器だ」

カールトンは、肩をすくめた。「イギリスでは、銃器の収集は難しい」

グプタが、&の形になんとなく似ている鋭利な武器の前で、足をとめた。柄《つか》のすこし上に短い突起がある、先端は二又の鉞《まさかり》のような形だった。二又のいっぽうは尖《とが》り、もういっぽうは恐ろしげな鉤状《かぎ》だった。

「これは見たことがない」グプタがいった。「なんという武器だ?」

「フンガムンガ。アフリカの部族の武器だ。敵を切り刻むのにも使えるが、腕のいい人間が投げると、もっと威力がある」カールトンは、座席のひとつを指差した。「かけてくれ」

グプタが座席に座ると、カールトンは壁のボタンをひとつ押した。巨大なモニターがおりてきた。

「映画を見るのか?」グプタが、携帯電話を見ながら、傲慢な口調でいった。「ロミール・マリクと、どう関係があるんだ?」

カールトンは、あきれて目を剝いた。「これを見たいはずだと請け合う」

グプタが、携帯電話をしまい、腕組みをした。明らかに、カールトンがマリクを名指ししたときのショックは消えて、指摘がほんとうなのか、かなり疑っているようだった。

「ロケットが爆発する映像か? それならとっくに見た。打ち上げ失敗以来、あんたのネットワークがくりかえし流しているからな」

「ちがう」カールトンはいった。「しかし、やつの衛星打ち上げには、潜入工作員《もぐら》を送り込んである。だからロケットを破壊できたのだ」

「もぐら?」グプタが問いかけた。「どうしてそんな手間をかけるんだ?」

「何カ月も前から、コロッサス・プログラムのちょっとしたつまずきがむしろ気になっていた。プログラムの不具合、製造上の問題、スケジュールの遅れ。明らかな破壊工作だと見分けられるようなものはなかったが、そういった小さな問題をすべて考え合わせると、遅延戦術が浮き彫りになった。何者かが、プログラムの進行を遅らせていた」

「九人全員の前で、これまで持ち出さなかったのは、なぜだ?」

「だれを信用すればいいか、わからなかったからだ。だれが黒幕であっても、おかしくなかった」

「大がかりなエンジニアリング・プログラムにあるような、ありきたりの問題ではないと、どうしてわかるんだ?」

「コロッサスに質問したからだ。コロッサスの計算では、九六パーセントの確率で、この小さな問題すべてが人為的に引き起こされている」

グプタが、目を丸くした。「信じられない」

「自分で質問するといい。おなじ答が出るだろうな」

「この用事が済んだら、やってみる。マリクが犯人だと答に書いてあるのか？」

「いや、コロッサスにはわからない。〈コロッサス5〉が攻撃されるまで、わたしにも確信はなかった。そのときに、わたしの推理が正しいとわかり、マリクを妨害する行動に踏み切らざるをえなくなった」

「しかし、それでマリクがやったと証明されたわけではないだろう」グプタが反論した。

「証明されたのだ」カールトンはいった。

カールトンは、ポケットからリモコンを出して、動画を再生した。

音のない画像に、〈コロッサス5〉が映っていた。九人のひとりであるダニエル・サイドンが所有する、モレッティ船舶の造船所のドックにはいり、夜間照明を浴びている。直立したままのクレーンが手前にあり、ひとりの男が階段を下っていた。遠いので顔ははっきり見えない。階段をおりたところで、男が港湾労働者ふたりに誰何《すいか》され、ふたりがさかんになにかを話しかけた。突然、ひとりがクレーンの階段を駆けあがり、くだんの男と港湾労働者ひとりが話しつづけた。

つぎの瞬間、閃光《せんこう》がほとばしり、クレーンが〈コロッサス5〉の上に倒れた。男と対決していた港湾労働者が、地面に倒れ込んだ。男が向きを変えて、拳銃を制服の下にしまった。あたりを見まわし、視界から消えた。

そこでべつのカメラの画像に切り替わった。静止しているカメラが、〈コロッサス5〉を撮影していた。まわりで男たちが走りまわり、腕をふりまわしている。一瞬、カメラの前をだれかが通って、その光景がさえぎられた。

「驚いたことに、破壊工作をやったやつをはっきりと捉えた画像は、これだけだ」カールトンはいった。

画像を巻き戻し、男がカメラの前に来たところで一時停止した。顔がぼやけていたが、見分けはついた。

グプタが身を乗り出し、愕然として画面を見つめた。「アサド・トルカンだ」カールトンのほうを向いた。「どうやってこれを手に入れた？　船が攻撃されるのを予期していたのか？」

「〈コロッサス5〉の進水が間近に迫っていて、マリクが衛星ネットワークを完成させる前にそれを妨げたいと思ったなら、当然、そういうことが起きると予想される。わたしはサイドンには内緒で、ナポリの造船所のカメラ画像をすべてダウンロードするよう手配した」

「ダニエル・サイドンの施設をスパイしたのか？」

「さっきもいったように、だれを信じればいいのか、わからなかった。しかし、ロミール・マリクが裏切り者だとわかった。わたしが集めた証拠で、それがじゅうぶんに明らかになったと思う」

「わたしも確信した」グプタが、こめかみをさすりながらいった。「なんてこった！きのうウェイクフィールドを救ったのは、そのトルカンだったのに」

「抜け目ない計略だよ」動かぬ証拠だとグプタが賛成したので、カールトンはほっとして笑みを浮かべた。「疑惑を自分からそらして、他の仲間を疑わせるためにちがいない」

「あとの仲間に伝えないといけない」

「会合のときに伝える。しかし、それではじゅうぶんではない。衛星を使うマリクの野望をついえさせなければならない」

「衛星ネットワークの目的はなんだ?」グプタがきいた。「どうしてそんなに重要なんだ?」

「コロッサス・プロジェクトを破壊できるなにかに関係があると確信しているが、衛星ネットワークの能力をもぐらは突き止められなかった。それどころか、連絡できなくなった。もぐらが送ってきた最後のメッセージは、わたしが破壊した衛星の代わりの衛星が、すぐに打ち上げられる準備ができている、という内容だった」

「それじゃ、マリクを阻止しなければならない」

「そのとおり」カールトンはいった。「〈九賢〉のほかの仲間を確信させなければならない。だから、このフライトにきみを誘ったのだ。マリクを打倒する計画を練る必要がある。あす、罠のバネを弾《はじ》けさせる役目をきみに担ってもらう」

15

ジュータ島

三十六時間の航海で、オレゴン号の乗組員はたっぷりと休養でき、禁じられた島の領海一二海里に達して、翌朝に偵察する準備をした。インド政府はその水域をリアルタイムで監視してはいないので、沿岸警備隊の艦艇と遭遇するおそれはすくなかった。しかし、哨戒機《しょうかいき》などが上空を通過するかもしれないので、危険は冒せない。島には隠密裏に接近するのが最善だと、カブリーヨは考えた。

オレゴン号のムーンプールへ行くと、嗅《か》ぎ慣れた燃料と海水のにおいに迎えられた。まるで洞穴のようなそこは、船内でもっとも広い空間で、オリンピックサイズのプールとおなじ長方形の水面の上には、ガントリークレーン一基がある。ムーンプールの水面は、海とおなじ高さなので、浸水のおそれはない。竜骨《キール》の巨大な両開きのドアが下に向けてあくと、潜航艇を発進させ、見られることなく回収できる。

大型の深海潜水艇〈ノーマド〉は、いまは天井の架台に取り付けられたままだ。

その小型のきょうだい〈ゲイター〉は、キールドアから発進できるように、すでに水面の所定の位置におろしてあった。準備が行なわれるあいだ、金属が当たる音が、広大な空間に響いていた。ゲイターは全長一二メートルで、四方に細い窓がある展望キューポラは低いので、視認されにくい。そのうしろには、シュノーケルが備わっている。平坦《へいたん》な甲板は、水面のほんのすこし上に出る。その名のごとく、ワニ《ゲイター》のように身を沈めて航行するので、夜間にはほとんど見えない。バッテリーが電源のモーターで推進し、気づかれないように航海中の船に忍び寄ることができる。完全に浮上し、強力なディーゼル機関で高速航行することも可能だ。

水中甲板に向けておりていったカブリーヨは、めったにここに来ないジョージ・〝ゴメス〟・アダムズがいるのを見て驚いた。ゴメスは、ヘリコプターとドローンのパイロットで、六〇年代のテレビドラマ『アダムスのお化け一家』に登場するモーティシア・アダムスにそっくりな、麻薬王の妻と火遊びをしたせいで、〝ゴメス〟という綽名《あだな》を献上された。すごい美男子で、西部開拓時代の保安官ワイアット・アープのような太い口髭を生やしているゴメスは、たびたびそういうトラブルに巻き込まれる。

「きみら飛行士たちは、水に潜るのが嫌いじゃなかったのか」カブリーヨはいった。

「それは、空に浮かんでいないといけないものに乗っているときだけですよ」皿くらいの大きさのクワッドコプター・ドローンをいじりながら、ゴメスがいった。「きょうは繊細な偵察をやるので、わたしがいっしょにいったほうがいいでしょう。それに、この作戦では、ヘリコプターは必要ないし」

カブリーヨはうなずいた。「そうだな。着陸できる開豁地《かいかつち》もないし。しかし、オレゴン号のドローンを操縦してもらわなければならなくなったら、どうする?」

ゴメスが腰をかがめて、ビデオゲームのコントローラーほどの大きさの奇怪な道具《ガジェット》を持ちあげた。「あたらしいおもちゃです。マックスがこしらえてくれました。〈ゲイター〉には高解像度のスクリーンがあるので、オレゴン号のどのドローンでも遠隔操作できます。伸縮式アンテナがあるので、潜航中でも使えます。ドローンの制御範囲もひろがります」〈ゲイター〉の背中にある薄い金属製の突起が、めいっぱいのばしてあるのを指差した。

「それなら、いっしょに来てもらえればありがたい。任務の要諦《ようてい》について、マックスから説明を受けたか?」

ゴメスがうなずいた。「できるだけ姿を見られないようにする。原住民がいても、観察されているのを、その連中に気づかれないようにしたい、ということですね？」

「そうだ。ドローンの音を聞かれたり、見られたりするおそれは？」

「高度一〇〇フィート以上を飛んでいれば、音は聞こえません。低速ではほとんど音をたてません。たまたまこっちを見あげないかぎり、気づかれずに潜入して離脱できます」

「島には鬱蒼《うっそう》としたジャングルがある。カメラを地上に向けながら、樹木をよけて飛べるか？」

「障害物回避ソフトウェアをインストールしたばかりだし、電話線よりも太いものがあれば、自動的にそのまわりを飛びます」

「原住民は文明世界と接触したことがないから、送電線にぱったりと出くわす心配はない」

「蔦《つた》だけですね」ゴメスがいった。「気をつけます」

カブリーヨは、ゴメスにつづいてハッチを通り、〈ゲイター〉のキャビンにはいった。リンダがすでに操縦席に座っていた。あとは、エディー、リンク、レイヴン、マクドが、カブリーヨの任務チームにくわわっている。上陸することにはならないだろうとカブリーヨは考えていたが、準備は整えてあった。リンダとゴメス以外の五人は、戦術装備を身につけていた。キャビンにはダイビング器材が積まれ、望ましくない訪問者がすでに島に上陸していた場合に備え、武器を取りそろえてあった。なにが起きようと、原住民との交戦は、固く禁じられていた。

任務前の点検が完了すると、ハッチが閉ざされ、係留索が解かれた。リンダが〈ゲイター〉を潜航させ、オレゴン号のずっと下まで沈んでいった。キールドアから離れると、リンダは〈ゲイター〉をオレゴン号から遠ざけて、シュノーケルが水面から突き出すところまで浮上させ、バッテリーによるモーター駆動から、ディーゼル機関に推進を切り換えた。ディーゼル機関が息を吹き返して、猫が喉を鳴らすような音をたて、四時間の航海がはじまった。

島を護る珊瑚礁に達すると、ゴメスがドローンを発進できるように浮上した。展望キューポラが水上に出るように、リンダが浮力を調整した。甲板の高さは、波の穏やかな水面の一〇センチほど上だった。ハッチがスライド式なので、陸地から入念に観察している人間がいて、〈ゲイター〉のほうに目を向けたとしても、見つけるのは容易ではなかっただろう。

ドローンのプロペラ四枚が低いうなりをあげはじめ、あいたハッチから上昇した。マクドがハッチを閉め、シュノーケルとアンテナだけが水上に出ている深さに、リンダが〈ゲイター〉を潜航させた。

ゴメスがドローンを島に向けて飛ばすあいだ、あとの六人はスクリーンのまわりに集まった。島をしっかりと護っている堡礁《ほしょう》にぶつかる砕け波の上を、ドローンは越えていった。

「あの堡礁はどんな船でも通り抜けられないだろうな」ゴメスがいった。

「切れ目は二、三カ所しかない」操縦席から、リンダが答えた。「もっと近づいて、堡礁の奥にはいれると思うけど、底をこするかもしれない」

「まず、接近しなければならない理由があるかどうかを、たしかめよう」カブリーヨはいった。

ドローンは、ビーチに達していた。幅はほんの数メートルで、すぐに鬱蒼としたジャングルに呑《の》み込まれていた。

「島は差し渡し六キロメートルくらいだから、升目捜索《グリッド・サーチ》だと時間がかかる」ゴメスがいった。「周辺を調査してから、徐々に内陸部を見ていくつもりです。ところで、なにを捜すのか、はっきりしているんですか?」

「ここにありえないようなものだ」カブリーヨはいった。

「見ればわかるってやつみたいだな」リンクがいった。

「この島に来ようとしたわけが、想像もつかないんだけど」レイヴンがいった。「インド政府によれば、価値があるものはなにもないそうだし」

「プライバシー以外はね」エディーがいった。

「それならたっぷりとある」マクドがいった。「時に忘れ去られた場所のようだ」

「外界にとって価値のあるものがなにもなかったのは、原住民にとっては幸運だった」カブリーヨはいった。「そうでなかったら、何十年も前に追い出されていたはずだ」

ドローンが、島を周回しはじめた。ジャングルが密生していて、数メートル奥までしか見えず、あとは植物に覆い隠されていた。

ドローンが島を半周したところで、カブリーヨが場ちがいなものを見つけ、ホヴァリングするようゴメスに命じた。

「あれはなんだ?」カブリーヨはいった。「そこでとめろ、ゴメス」

「踏み分け道みたいだ」エディーがいった。

そのとおりだった。下生えが踏みつけられていて、砂に足跡が残っているのが見えた。

ジャングルの縁から、小さな白い物体が点々とあるのが見えた。

「ズームしてくれ」カブリーヨは、それを指差していった。

ゴメスが高解像度カメラを調整し、最大にズームした。白い物体は、それでもまだ小さかったが、でたらめに散らばっているありさまには、見おぼえがあった。

「わたしの見まちがいかな」カブリーヨはいった。「煙草の吸殻みたいだが」

「だれかがここに上陸して、何本か煙草を吸ったのか?」リンクが疑問を投げた。

「ちがうと思う」リンダがいった。「こっち側の堡礁には、切れ目がない」

「それに、この原住民は靴をはいてるぞ」

「よく見えるように、ドローンをもっと下げてもいい」ゴメスがいった。

「まだだめだ」カブリーヨはいった。「だれかが近くにいるかもしれないから、必要もないのに手の内を明かしたくない。一周してほかになにも見つからなかったら、ここに戻って、踏み分け道をジャングルの奥へたどろう」

「アイ、会長」ゴメスは、その座標を地図に記し、ドローンを移動させた。四分の三まで周回したが、なにも変わったものは見つからなかった。

「そこでとめろ」カブリーヨがいった。なんとなく奇妙に見える樹木があった。「あれをどう思う?」

レイヴンが、スクリーンのほうに身を乗り出した。「色はおなじだけど、葉が固すぎる。ほかの葉っぱとおなじように、弱い風に揺れていなければおかしい」

「あれはなんだ?」樹冠から突き出している尖った物体を、マクドが指差した。人工物にちがいない。

「こんどはもっと近くから見たい」カブリーヨはいった。「なんなのか、突き止めよう」

「鮮明な画像を出します」ゴメスがいい、ドローンが低いうなりとともに、ターゲットに向けて飛んだ。

ドローンが近づくにつれて、その物体の大きさがはっきりした。それは直立した巨大な金属板で、空からの偵察や衛星に探知されないように、ジャングルに溶け込む鮮やかなグリーンの迷彩に塗装されていた。

「降下させてくれ」カブリーヨはいった。「もっと見たい」

ゴメスが、ドローンを木立のなかに入れると、樹木そのものが偽物だとわかった。樹冠によって隠されていた木の幹は、電柱だった。

カメラのセンサーが、急に暗くなった周囲に合わせるために、一瞬、調整を行なった。画像がふたたび鮮明になると、カブリーヨたちは目にしているものを唖然と見つめた。

「これはおれが考えているとおりのものか?」リンクが、驚きのあまりそういった。

ゴメスがうなずいた。「諸君、これは世界最大の旅客機、二層デッキのエアバスA380だ。ちっぽけな熱帯の島に、隠されている」

巨大な飛行機の翼と胴体が、ジャングルの奥にのびていた。どこも損傷していない。周囲の植物に似た色に塗装され、まったく無傷のようだった。

「墜落したのに、どうしてこんなふうなんだ?」マクドが、畏《おそ》れるようにいった。

「墜落したのではないからだよ」ゴメスがいった。「ちょっと確認したいことがある」

ドローンがさらに降下すると、レイヴンがいった。「理由は想像できないけど、だれかがここに運んできたのかもしれない」

「そうではないだろう」ゴメスがいった。「この飛行機は、なにも積んでいなくても、重さが二七〇トン以上ある。持ちあげるには巨大なクレーンが必要だ。そんな大きな重機を積んだ船がこの島に来たら、インド当局が気づかないはずはない。飛行機を運ぶのにも、巨大な艀《はしけ》が必要だろう」

ドローンが降下して、主翼の下にはいった。カメラが巨大な降着装置を映し出した。タイヤ二十二本すべてに空気がはいっていて、機体の重量を支えていた。エンジンの状態もいいようだった。尾部はビーチから数十メートルしか離れていない。

ゴメスが、エアバスのまわりでドローンを一周させ、ビーチとは反対側の樹木がすべて本物で、自然のままだというのを、カブリーヨは見てとった。ジャングルを切り拓いて滑走路を建設してはいない。

「この飛行機を船で運んできたのではないとすると」カブリーヨはいった。「それに、ここに墜落したのではないとすると……」

カブリーヨは、ゴメスの顔を見た。ゴメスは不思議そうに首をふった。「A380が安全に着陸するには、最短でも一二〇〇メートルの舗装面が必要です。それなのに、熱帯の島のジャングルの端に、傷ひとつなくとまっている。どうやったのかはわからないが、だれかがこの飛行機を着陸させたんです」

16

インド

ムンバイの八〇キロメートル南東の森林に覆われた一〇〇〇エーカーの私有地に、アショーカ王のマウリヤ帝国の数すくない遺跡のひとつがある。壮大な五階建ての要塞《ようさい》が、仏舎利《ぶっしゃり》を収めた仏塔《ストゥーパ》と呼ばれる中央のドームを囲んで建設されていた。二千年以上もここで定期的に会合をひらいてきた〈無名の九賢〉は、そこをたんに秘庫《ライブラリー》と呼んでいた。

敷地内では、精鋭の警備員がパトロールしている。だれかに抱きこまれないように、警備員の報酬は九人が同等に負担している。侵入者はたちどころに始末され、ぜったいに発見されないように死体を処分される。

ライブラリーは、たいがいの要塞とは異なり、目に留まるような門がない。完璧な四角形の外壁は、四方とも表面がなめらかだった。幅広い濠《ほり》が要塞を囲み、何本もの運河がそこから森に通じていた。

巧妙に隠された出入口が九カ所にあり、それを知っているのは警備員と〈無名の九賢〉のそれぞれだけだった。そういう設定によって、九人それぞれが他の八人に見られることなく、それぞれ異なる方向から要塞にはいることができる。九人がいっしょに到着するのを、だれかに見られるおそれもない。

ロミール・マリクの出入口は、要塞の四〇〇メートル南にあった。マリクは、アサド・トルカンを連れて、ライブラリーに向けて細い土の小径《こみち》を歩いていた。アサドは、どうやってはいるのだろうと思いながら、要塞のほうに目を凝らしていた。アサドが〈九賢〉の会合に出るのははじめてだったし、マリクは出入口の秘密を明かそうとしなかった。

「ヒントも教えてくれないんですか？」アサドがきいた。どうやってはいるのかという謎に興味を持っているふうを装っていたが、じつは双子の弟のことが心配で、気をまぎらそうとしていた。

マリクは、ラスルとの連絡が途絶えてからもアサドが明るい態度でいようと努力しているのを、内心では評価していた。だが、ヨットが〈トライトン・スター〉の座標に近づくと、付近に米海軍の駆逐艦がいるのがわかったので、救難作業を断念した。ラスルは捕えられたか、殺されたのだと、マリクは判断した。しかし、作戦は明らかに成功したようだった。アメリカは、攻撃の犯人捜しに全力を挙げている。まさにマリクの願ったとおりになった。

ライブラリーの出入口がわからずにいらだっている義弟に、マリクは笑みを向けた。

「もうじきどこにあるかわかる」

アサドが肩をすくめて、なおも要塞を見つづけた。

一分後、小径は運河に向けて下り、水中に消えていた。反対側でふたたび登り坂になって現われていた。濠は広いので、飛び越えるのは無理だし、運河に橋はかかっていなかった。高さ一二〇センチの四角い石柱が、小径の横にあった。てっぺんに獅子頭が四つあり、それぞれがちがう方向を向いている。ひとつだけついている標章は、中心が卍《まんじ》の九輻輪《きゅうふくりん》だった。〈無名の九賢〉の象徴だ。

アサドが眉をひそめて、その象徴を指差した。「ナチスが造ったんですか？」

「卍《スワスティカ》は古代からある仏教の印で、ヒトラーは鉤十字《ハーケンクロイツ》としてそれを悪用した。よく見ると、ナチスの印とは逆向きになっているのがわかるだろう。卍はもともと、幸運と調和を意味している」

「〝泳げ〟という意味もあるのかな？　そうしないと向こう側には行けないみたいだし」

マリクは首をふった。「ここが入口だ」

アサドが、まごついて周囲を見てから、濠の向こうの要塞に目を向けた。「ここが？　要塞の壁に隠しドアがあって、ボートで行くのかと思ってた。壁とはまだだいぶ離れてる」

「簡単に見つけられるようでは、しっかりと隠してあるとはいえないだろう」

アサドが、石柱に視線を戻した。「それじゃ、これがドアのノッカーにちがいない」

「そのようなものだ。卍を押してみろ。強く押さないといけない」

アサドが、卍を拳でぎゅっと押した。卍が石柱にひっこみ、獅子頭四つがてっぺんから一五センチ持ちあがった。

それだけだったので、アサドが不思議そうな顔でマリクを見た。「それで？」

「獅子頭を時計まわりに四分の一まわせ」

アサドが、いわれたとおりにやった。四分の一まわしたところで、カチリという音がして、獅子頭が下がり、もとどおりになった。

それと同時に、小径の前方で濠の水が引きはじめた。水底からせりあがってきた平行する石の壁ふたつの上から、水がなだれ落ちた。壁は一二〇センチの間隔で小径の左右を囲み、堰《せき》の役割を果たしていた。不意に現われた堰のあいだに見えない穴があり、小径の水が抜けていった。紅海の水を割った旧約聖書のモーセの奇跡を彷彿《ほうふつ》させた。

小径が向こう岸までつづいていないことが、じきに明らかになった。小径の先は階段で、トンネルに通じていた。

「来い」マリクは濡れた階段を踏みながらいった。「排水が終わってから、一分しかない。フロートがまた排水口をふさいで、堰の上を水が流れ、入口がすぐに閉じる」

マリクが階段をおりていき、アサドがつづいた。やがて、六メートル下で、底に達した。狭いホワイエを通り、階段を昇って廊下に出た。ホワイエに注水されるのとおなじ速さで、石の障壁があがってきた。まもなく障壁が天井のくぼみと嚙み合わさり、廊下が密閉された。可動式の壁のそばに、表にあるのとおなじ石柱があった。

「出入口はみんな、こういう仕組みなのかな？」表からの光が薄れると、アサドはいった。

「わからない」マリクは、携帯電話の光をフラッシュライトの代わりに使いながら答えた。「〈九賢〉のひとりになって久しいが、ほかの出入口のことは、考えたこともない」

アサドも携帯電話を光らせて、数千年のあいだ天井にこびりついた松明《たいまつ》の煤を照らして、未来永劫《えいごう》へつづいているような無音のトンネルを歩いていった。

十分後にかすかな光が見えて、やがてそれが明るさを増し、照明に照らされた鉄のゲートに達した。アサルト・ライフルを持った警備員が、門の左右に立っていた。IDの提示は求められなかった。警備員がすぐさまマリクを見分け、ゲートをあげるよう命じた。

要塞の内部を隅々まで知っているマリクは、アサドの先に立ち、一連の迷いやすい廊下を通って、卍の飾りがある拱門《アーチ》に達した。武装警備員ふたりが、気を付けの姿勢で、その前に立っていた。

マリクとアサドは、そこから仏塔の真下にある、要塞の中央の間にはいった。マホガニーの円卓がまんなかにある。すでに八人が席についていて、マリクが空《あ》いている席に座った。ライブラリーにひとりだけ付き添いを連れてくることを許されているので、それぞれのうしろにひとりずつ立っていた。

ジェイソン・ウェイクフィールドが、マリクのとなりの席で、反対側の隣席にはライオネル・グプタが座っていた。ウェイクフィールドは、マリクが仕組んだ偽の誘拐未遂から、すっかり立ち直っているように見えた。ウェイクフィールドは、手をふってからアサドにうなずいてみせたが、グプタはふりむいて挨拶《あいさつ》をしようともしなかった。

アシスタントのナタリー・テイラーを従えて、円卓の向かいに席を占めていたザヴィア・カールトンが、口をひらいた。「ロミール、会えてうれしいよ」

マリクは、部屋を見まわして、自分が最後に着いたことに遅ればせながら気づき、いささか驚いた。ポケットを叩き、ガラス瓶がはいっていることをたしかめた。「わたしは遅刻したのかな？」

「そんなことはない。みんな席についたばかりだ。〈九賢〉の新メンバーを紹介していたところだ」

カールトンは、ペドロ・ネヴェスのほうにうなずいてみせた。ネヴェスの父親は、半年前に亡くなったばかりだった。彼の一族は『病の巻』を授かっていて、現在は世界最大のバイオテック企業を所有している。

「ペドロ、こちらはロミール・マリクだ」カールトンはいった。「『宇宙進化論の巻』の承継者で、宇宙産業に深く関与している。グプタとウェイクフィールドのことは、もう知っているだろう。それぞれ、『錬金術の巻』と『伝達の巻』の承継者だ」

カールトンは、紹介をつづけた。武術の発展の基礎をなした『生理学の巻』承継者のロシア人、ボリス・ヴォランスキー。ヴォランスキーは、現在、モスクワで軍需産業を経営している。

〈無名の九賢〉のあとの三人は、つぎのような顔ぶれだった。『重力の巻』を承継してサイドン重工を創業したマレーシア人一族のダニエル・サイドンは、コロッサス船を建造したモレッティ船舶を所有している。九人のなかで唯一の女性でアメリカ人のメリッサ・ヴァレンタインは、インターネット検索企業のＣＥＯだった。メリッサの祖先は、『光の謎の巻』の受贈者だった。スイスの銀行家ハンス・シュルツは、『社会学の巻』を承継している。

「楽しいご挨拶はこれで終わりだ」カールトンはいった。「さて、楽しくない話をしなければならない」

マリクが、ガラス瓶を手でまさぐった。どうもようすがおかしい。うしろでアサドが緊張しているのが感じられた。

「ペドロはべつとして、みんなも知っているように、われわれの仲間であるボリス・ヴォランスキーは、ロシアの兵器産業や傭兵ビジネスとの関係が深く、コロッサス・プロジェクトのセキュリティをすべて提供してくれている。先刻、ボリスと話をしたのだが、かなり気がかりな情報を教わった。ボリス？」

六十代で髪が黒いヴォランスキーが、身を乗り出した。「わたしは情報源を通じて、盗まれた神経剤がディエゴ・ガルシア攻撃に使用されたことを突き止めた。何者の仕業かはわからないが、われわれ九人が犯人であるかのように見せかける証拠を故意に残したものと確信している」

円卓のあちこちでつぶやきが漏れ、注意を惹かないように、マリクもそれにくわわった。

「どうしてそう確信できるの？」メリッサ・ヴァレンタインがきいた。

「失敗に終わった攻撃に使用された化学兵器は、わたしがロシアから密輸したものだからだ。ノヴィチョクと呼ばれる神経剤だ。船が沈没したときに海の底に沈んだと、当初は思っていたが、盗まれたのだとわかった」

マリクのみぞおちが冷たくなったが、一同とおなじように愕然とした表情を装った。

「それをわれわれに結び付けるような証拠があるのか？」マリクはきいた。

「〈無名の九賢〉を具体的に示すような証拠ではない」カールトンがいった。「ただ、ジュータ島を示している。攻撃には〈トライトン・スター〉が使われた」

全員が、不安げに顔を見合わせた。〈トライトン・スター〉が島の補給に定期的に使われていたことを、全員が知っていた。

「アメリカ人が島に侵攻し、われわれを不意打ちしたら」カールトンはいった。「コロッサス計画について知る必要があることをすべて把握するだろう。そうなったら、人類の新しい夜明けを目指すわれわれの努力は、無に帰す」

「そんな馬鹿な」ダニエル・サイドンがいった。「最初は〈コロッサス5〉攻撃、つぎにわれわれの仲間が誘拐されかけた、そしてこんどはこれか?」腹立たしげなつぶやきが、円卓のまわりでひろがった。

カールトンが片手をあげ、一同を静かにさせた。「これは解決できる。緊急時の手順に従って島そのものを消去するよう、すでに命じてある。島は今後もプロジェクトに貢献するだろうが、おおむね重要な役割は終えた。きょうが終わるころには、なにも残されていないだろう」

「こんなふうに事件が重なっているのは不安だ」ジェイソン・ウェイクフィールドがいった。「われわれのなかに裏切り者がいるにちがいない。どうするつもりだ?」

こんどはつぶやきは聞こえず、あたりは完全な沈黙に支配された。

カールトンが、強いまなざしでウェイクフィールドを見た。「二千年の歴史を通じて、われわれは仲間を処刑しなければならなくなったことは、一度もなかった。だが、今回は、どうやらそうせざるをえないようだ」

カールトンが、マリクのほうを向いた。マリクは凍りついたが、カールトンはなおも向きを変え、ライオネル・グプタに目の焦点を合わせた。

「なにかいい分はあるか、裏切り者?」

17

ジュータ島

現在の島に原住民はいないと、カブリーヨは確信した。エアバスをなんらかの方法で着陸させた組織が、原住民が邪魔するのを許すはずがない。行方不明のエアバスは、十八カ月前に消息を絶ったザヴィア・カールトンの自家用機だけだった。発見されていない理由が、いまわかった。

エディー、リンク、マクド、レイヴンが、装備の準備をするあいだに、カブリーヨは、〈ゲイター〉を潜航させ、島を護っている堡礁の、カムフラージュされたエアバスにもっとも近い部分を目指すよう、リンダに命じた。

そこへ着いたとき、カブリーヨはリンダとともに操縦手のキューポラにはいっていた。清らかな海水に陽光が射し込み、そこにはないはずの水中の建築物をちらちらと照らしていた。

「会長の推理が正しかったわ」リンダがいった。「見渡すかぎり、ケーソンが島に向けて長方形にならべてある」

一軒の家くらいの大きさのコンクリートの箱が、珊瑚を爆破して取り除いた海底に、完全な直線をなして、ほとんど隙間《すきま》がないように沈めてあった。空から撮影してもたいがい見分けられないように、ケーソンは珊瑚礁に似せたまだら模様に塗装してあった。

「これを使って着陸したにちがいない」カブリーヨはいった。「〈トライトン・スター〉の桟橋も兼ねていたんだろう」

「このケーソンは浮くのかしら?」

ケーソンをつないでいるホースとバルブを、カブリーヨは指差した。「浮かべたり沈めたりするには、空気を入れたり抜いたりすればいいだけだ。恒久的な桟橋だと、沿岸警備隊の船がたまたま調べに来たら、見つかってしまう。夜間か、雲が空を覆っているときに浮きあがらせれば、空からはまず見つからない。それに、どうやらまだ使われているようだな」

いちばん近いケーソンの表面に生えた藻《も》が、いくつもの平行線で潰されていた。

「タイヤの跡」リンダがいった。

「貨物を運ぶ車にちがいない。あのタイヤの跡は、一週間もたっていない」

「この構造物、長さが一二〇〇メートルくらいありそう」リンダが、驚きに打たれてそういった。「建造するのに、莫大なお金が必要だったでしょうね。製造済みのケーソンを運んできて、夜間に造ったのよ」

「そんな手間をかけるのは何者だろうと、思わずにはいられない」

「それに、理由もね」

「突き止めよう」カブリーヨはいった。「精いっぱい島に接近して、浮上させてくれ」

カブリーヨは自分の装備を準備しながら、浮き沈みする滑走路のことを話した。

「よっぽどこの島のことを知られたくないやつがいるんだな」P90サブマシンガンを点検しながら、リンクがいった。

「けっこう」マクドがいった。「だったら、おれたちが来るのは予想してないだろう」マクドだけは、自動火器ではなくハイテク・クロスボウを携帯する。銃床《ストック》にバッテリー式の小型装填モーターを内蔵していて、矢をすばやく再装填できる。音をたてない攻撃にはうってつけの武器だ。

「着陸したとき、エアバスにはだれが乗っていたの?」全員がつけているのとおなじ眼鏡をかけながら、レイヴンがきいた。小さなスクリーンに、ドローンのカメラの映像が表示される仕組みになっている。

エディーが答えた。「ドバイのコンベンションに出席する予定だったＩＴ専門家が百人近く乗っていた。世界中の名門企業や大学の研究者がほとんどだ」

機体のいくつかの部分が取り外されてなくなっているのを、ドローンの映像がはっきりと映し出していた。それがオマーンとイエメンの海岸で発見された残骸とぴったり一致することが、記録によってわかった。それらの部分が選ばれたのは、行方不明の旅客機が海に墜落した確証になるシリアルナンバーが記されているからにちがいない。

「消息を絶ってから、一年半もたっている」ゴメスがいった。監視されていないことをたしかめるために、島のあちこちに目を配りながら、ドローンを操縦していた。

「まだ生きていると思いますか？」

「何人かは、生きているかもしれない」カブリーヨはいった。「ハイジャック犯が乗客を殺したかったのなら、もっと金のかからない方法がいくらでもある」

「絶海の孤島で、小屋に閉じ込めておくんですか？」マクドがいった。「筋が通らないような気がするけど」

「それに、これがディエゴ・ガルシア攻撃と、どう関係があるのかしら？」レイヴンが、疑問を投げた。

「すべてもっともな疑問ですね」エディーが、カブリーヨに笑みを向けながらいった。「島をちょっと散歩してみれば、質問のいくつかには答えられるかもしれない」カブリーヨは答えた。「みんな、用意はいいか？」

全員が、用意はできていると答えた。リンダが、ビーチのわずか五〇メートル手前まで〈ゲイター〉を進め、ケーソンのそばで浮上させた。熱帯の気候のつねとして、はぐれ雲がにわか雨で島をびしょ濡れにしていた。

土砂降りの雨が通り過ぎるまで、カブリーヨは数分待ち、ハッチから出て、海にはいった。ケーソンのてっぺんは、水面のわずか一メートル下だった。

全員が艇外に出ると、リンダが〈ゲイター〉を後進させて、アンテナとシュノーケルだけが見える深さに潜航した。ドローンが頭上でホヴァリングし、空からの画像をカブリーヨは眼鏡のスクリーンで見ることができた。

一行が水のなかを歩いて進むあいだ、ドローンが前方を偵察した。

ジャングルの端まで行くと、エアバスが視界にはいった。下側は白い塗装のままだった。巨大な機体が上にそびえ、鬱蒼とした森にいっそう暗い影を落としていた。

一カ所の昇降口があいていたが、脱出スライドは引きちぎられていた。機内を見るには、よじ登るしかない。あとにしようと、カブリーヨは思った。その前に、島の奥を探索したかった。

獲物を追う経験が豊富なハンターのマクドが、全員の注意を惹き、手をふって招きよせた。マクドが、地面を指差した。ケーソンに残っているのをカブリーヨが見つけたのとおなじタイヤの跡が、樹木に覆われたそこにも残っていた。砂浜にはそういう溝がなかったから、痕跡を人為的に消したにちがいない。

一行はタイヤの跡をじかにたどらず、ふた手に分かれて、そこから二〇メートル離れたジャングル内を平行にゆっくりと進んだ。カブリーヨとエディーがいっぽう、マクド、リンク、レイヴンが、もういっぽうを受け持った。何者かが近づいてきた場合に備えて、ゴメスはドローンをタイヤの踏み分け道に向けていた。

カブリーヨは、カチカチという音を聞いて足をとめ、片手をあげて、あとの四人も止まらせた。

見あげると、リズミカルな音をたてているものがなにかわかった。ブルドッグくらいの大きさの青いヤシガニが、頭上でココヤシの実を根気強く切り取ろうとしていた。

「モーション・センサーがないことはたしかですね」エディーがささやいた。

カブリーヨは、巨大なカニのほうを顎で示した。これまでに見たことのある最大のロブスターの三倍はある。「あいつがしょっちゅう警報を鳴らしてしまうからな」

五人がそこを離れるときに、ココナツがようやく木を離れて、地面に落ちた。ヤシガニがちょこまかとおりてきて、獲物を持って走り去った。

九〇〇メートルほど進んだところで、車が三台はいるガレージほどの広さで、トレイラートラックくらいの高さの建物を発見した。現代的な金属の建物で、エアバスとおなじように迷彩塗装がほどこされていた。トラックが通れそうなくらい大きなドアがあり、その横にふつうのドアがあって、いずれも閉まっていた。

五人は集まって、見えないところでかがんだ。

「原住民が、われわれがまだ発見していない建築会社を地元で経営しているのならべつだが」カブリーヨはいった。「インド政府は立入禁止の島のことで、じきにとてつもない驚きを味わうだろうな」

「原住民がこれを建設してないとすると」マクドがいった。「原住民がいるっていうのは、ずっと前から大嘘のペテンだったのかもしれない」

「ドアをノックして、きいてみたらどうです?」リンクがいった。

レイヴンがうなずいた。「何者にせよ、お客さんを見てよろこびそうにない」

カブリーヨはいった。「ゴメス、建物の正面を近くから見せてくれ」

「接近します」ゴメスが答えた。

クワッドコプターが降下し、ドアがはっきりと見えた。その横にキーパッドと、片手くらいの大きさの平らなパネルがあった。

「掌紋用の生体認証スキャナーかもしれない」エディーがいった。

「こんなところで？」荒涼としたジャングルを見まわして、リンクがいった。「どうしてそんなセキュリティが必要なんだ？」

「その質問の答を知っているやつを見つけられるかもしれませんよ」ゴメスがいった。

「どういう意味だ？」カブリーヨはきいた。

ゴメスが、ドローンのカメラの向きを変え、踏み分け道に向かっているふた組の足跡を映し出した。足跡は、隠された旅客機から島を半周したところにある、吸殻が見つかったビーチのほうに向かっていた。

「最近、だれかが散歩に行ったみたいですね」ゴメスがいった。

五人の周囲のくぼみはすべて、二〇分前の短い土砂降りの雨で水溜りになっていたが、泥に残る足跡には雨水が溜まっていない。

カブリーヨのチームが上陸したあとで、建物からふたりの人間が出てきた。そして、足跡を見たかぎりでは、まだ戻っていない。

カブリーヨとチームの面々は、これからハンターになるのか、それとも狩られる立場になるのだろうか。

18

インド

ザヴィア・カールトンが、ライオネル・グプタが裏切り者だということを立証するあいだ、マリクは無言で見守っていた。グプタはそれまでずっと口を閉じたままだったし、マリクは命綱を投げるつもりはなかった。自分が攻撃されるのではないと気づいたとき、ガラス瓶を握っていた手の力を抜いた。

最初は、〈コロッサス5〉損壊についてグプタが追及されるのを、マリクは期待していた。ところが、意外にも、グプタはマリクの衛星打ち上げへの破壊工作のことで非難されていた。

「ロミールの衛星システムがコロッサスの機能にとって重要だということを、われわれみんなが知っている」カールトンはいった。「そこで、ライオネルは金剛杵《ヴァジュラ》衛星群が完成するのを妨げようとした」

グプタが、ついに口をひらいた。「そんなことはやっていない」

「証明するために、きみが内部に送り込んだ人間の名前をいおう。エシャン・チャンドラだ」カールトンが、マリクのほうを見た。「そうだな?」

マリクは、その名前を聞いたショックを隠せず、うなずいた。「チャンドラが燃料供給ソフトウェアを書き換えていたことを、われわれは探り当てた。それでエンジン故障が起きた。チャンドラを訊問すると、雇い主の名前は知らないといった。口座に百万ドル振り込まれてから、仕事を引き受けたと」

「いま、チャンドラはどこにいる?」

「自殺した」じっさいは訊問中に自白剤の過剰投与で死んだのだが、マリクはそれを教えるつもりはなかった。

「わたしはこれとは無関係だ!」グプタが叫んだ。

「どうか、ライオネル」カールトンが、軽蔑《けいべつ》もあらわにいった。「ロケットを破壊しろとチャンドラに指示したときの通信記録が、残されているんだよ」

「あんたの〝証拠〟はすべてでっちあげだ」

突然、ジェイソン・ウェイクフィールドが発言した。「いや、でっちあげではない」

全員が、通信産業の大立者のほうを見た。

「きみは計画を立てたときに、たまたまわたしの電話ネットワークを使った。通話とメールを監視できるように、わたしのシステムすべてにバックドアが作られているのに、気づくべきだったな」

グプタが、口をぽかんとあけた。「わ……わたしは……」

グプタの尻尾をつかまえたカールトンが、薄笑いを浮かべた。だが、勝ち誇ったのは一瞬だった。

「そして、わたしはきみの行動を是認した」ウェイクフィールドがつけくわえた。

カールトンが、平手打ちを食らったような表情になった。マリクも啞然としていた。

「いったいなんの話だ、ジェイソン？」カールトンが、語気鋭くいった。

「コロッサス・プロジェクトに、わたしとおなじように不安を感じている人間が現われるのを待っていたんだ」ウェイクフィールドはいった。「われわれはやりすぎている。この活動に、合計十億ドルを注ぎ込んできたが、プロジェクトは制御不能になっている」

それを聞いて、あとの七人がささやきを交わすのを、マリクは見守っていた。

「まさか本気ではないだろう」カールトンがいった。

「とことん本気だ」ウェイクフィールドはいった。「わたしは数カ月前から、コロッサス船のあいだの通信速度を遅らせていた。きみたちは気づいていない。ライオネルがこのプロジェクトを阻止するために、もっと強力な手段を講じたと知って、わたしはほっとした。コロッサスに消極的に抵抗するのではなく、影から出てきて反対する人間が現われてもいい潮時だ」

「影にいるというのは、われわれみんなが合意したことだ」カールトンが、警戒する口調でいった。

「わたしはなにひとつ同意していない」ペドロ・ネヴェスがいった。「父がやったことだ」

「それなら、コロッサスがこれまで考案されたなかで、もっとも先進的な人工知能プロジェクトだということを、父親から聞いているはずだ。完全に稼動したら、プロジェクトの外部の人間にはいっさい知られることなく、どんなネットワークにも浸透できるようになる。コロッサスが創造する支配ウイルスは、探知できないし、いかなる企業、政府、軍にも読み取れない。われわれはついにアショーカ王の夢を実現した。人類の利益のために、究極の智識を利用できるのだ」

「智識の力から世界を護るのが、アショーカ王の夢だった。世界を支配することではない」ウェイクフィールドはいった。

「支配しなければ護ることはできない」カールトンが応じた。「われわれが経験しているようなテクノロジーの過激な変化は、アショーカに予測できたはずがない。人工知能の発展と完成は、避けられないことだ。この過激な変化をくぐり抜けるよう世界を導けるものは、われわれを措《お》いてはいない」

「それはどうかしら」メリッサ・ヴァレンタインが、ひどく心配そうな口調でいった。

「わたしも迷っているところなの」ネヴェスのほうを見ながらいった。「コロッサスの支配ウイルスとパターンマッチング・アルゴリズムを使えば、不正選挙を行ない、市場を操作し、企業を破綻《はたん》させ、軍全体を無力化できる。ソフトウェアの微妙な変化で秘密にそれをやることができるから、政府も企業も軍も、わたしたちの指示でなされていることに、ぜったいに気づかない。わたしたちは歴史上のどんな集団よりも強い力を自由にできる。重大な責任だし、悪用されやすい」

「そのとおりだ」ウェイクフィールドはいった。「わたしたちは影で活動する暴君になるだろう」

「わたしたちはみんな、そういうことを望んでいるのか？」カールトンがいった。

「わたしたちは究極の智識を創造した。祖先が望んだとおりに。アショーカ王が望んだとおりに。それに、わたしたちはその理想を実現するのに、もっとも適格な集団だ。舞台裏から統治するのが、それを成功させる唯一の方法だ」

ヴォランスキー、シュルツ、サイドン、ネヴェスは、いずれも無表情で座っていた。ウェイクフィールドとヴァレンタインだけが、しきりに首をふっていた。

グプタは、マリクのほうを向いた。「申しわけない、ロミール。わたしはあんたの衛星打ち上げを妨害した。しかし、ウェイクフィールドとおなじ意見だ。コロッサス・プロジェクトはまちがっている。中止しなければならない」

グプタは、〈無名の九賢〉の他の面々に向かっていった。「わたしに賛成するものは?」

ウェイクフィールドが、すぐさま挙手し、ヴァレンタインがつづいた。ペドロ・ネヴェスが手を挙げたので、マリクは衝撃を受けた。

マリクは、勝利のうねりが高まるのを感じた。コロッサス・プロジェクトに重大な不安を抱いているのは自分だけだと思っていたので、何カ月ものあいだ独力でコロッサスの効果を弱めようと努力してきた。それがいま、これまでまったく知らなかった味方を得た。

マリクは手を挙げた。これで続行反対が過半数になった。

カールトンが、マリクを睨みつけた。「ロミール？　きみも？」

「あんたはコロッサスを支配できると思っている」マリクはいった。「しかし、それは思いちがいだ。われわれは、まもなく自分たちを超えて成長する制御不能《ランアウェイ》AIを解き放つことになる。他人を支配するのを手伝ってくれるとあんたが信じているソフトウェアは、じっさいにはわれわれの支配から脱け出して成長する。コロッサスがセルフウェアになったら、われわれを必要としていないことに気づくだろう。そうなったら、コロッサスは自分を護るために、ありとあらゆることをやるはずだ」

カールトンが嘲った。「例のくだらない理論か？　コロッサスが核ミサイルをすべて発射し、この世の終わりが来るというのか？　それを防ぐ安全制御機構《フェイルセーフ》を造るのを、きみは手伝ったじゃないか」

マリクは、首をふった。「コロッサスは、これまで考案されたなかで、もっとも先進的な人工知能プロジェクトだと、あんたがいまいったばかりじゃないか。それが真実なら、コロッサスを知恵でしのげると思うか？　まして、自分が決断を下すべきだとコロッサスが判断しないとは、いい切れないだろう。コロッサスが潜在能力を完全に発揮するようになったらなにが起きるか、われわれにはまったくわからないんだ。先進的なソフトウェアが意図に反する結果をもたらすのを、われわれは毎日のように眼にしている。ソフトウェアのコードは数百万行に及んでいるから、ひとりの人間が読んだり理解したりするのは不可能だ。家内が死んだときに、わたしはそれを目《ま》の当たりにした」

自分が味わった悲劇を思い出して、マリクはぐっと息を呑んで、アサドのほうを見た。アサドが、悲しみのこもった凝視で応じた。

マリクは、〈九賢〉のあとの八人に目を向けた。何人かがうなずいていた。自分の側に勢いがついてきたのが感じられた。とどめの主張をする潮時だ。

「だから、あんたに質問する。コロッサスがみずから数十億行のコードを書いたら、なにが起きる？　コロッサスがシンギュラリティー（ＡＩがヒトの知能を超える技術的特異点）に達し、想像もできないような速度で、われわれの干渉を受けずに自己改善できるようになったら、なにが起きる？　その時点で、われわれは無用の存在になるのではないか？　主人ではなく従者になるのではないか？」

カールトンがいった。「しかし、きみは船にフェイルセーフを満載……」

その発想を、マリクは手をふって否定した。「あんなものは間に合わせにすぎない。だから、ヴァジュラ衛星群に予備能力を備えさせたのだ。だから、〈コロッサス5〉を損傷させたのだ。時間を稼ぐために――この狂気を完全に阻止するために」

ウェイクフィールドが怒りを顔に浮かべたので、いってはならないことをいったのだと、マリクは気づいた。円卓のこちら側では、グプタが哀れむように首をふっていた。あとのものは、驚きと嫌悪をあらわにした。

カールトンだけはべつだった。満面に笑みを浮かべていた。グプタが立ちあがり、円卓のカールトンの側へ行って、握手を交わした。

「あんたのいうとおりだった」グプタがいった。「あんたを疑うべきじゃなかった」

「〈コロッサス5〉に破壊工作を行なう人間が、ほかにいるはずがないだろう?」カールトンがいった。一瞬、アサドに目を向けてから、いかにもうれしそうにマリクを睨みつけた。「みんなはわたしのいうことを、完全には信じていなかったんだ、ロミール。認めてくれて助かったよ」

マリクがうかつにも自白したあと、他の七人はもうマリクの顔を見なかった。会議室にいたライブラリーの警備員六人にカールトンが目配せしたとき、マリクは吐き気を催した。「わたしたちが適切な処刑の手順を決めるまで、その男とトルカンを監禁しておけ」と、カールトンが命じた。

19

罠をかけるのに成功したので、カールトンはおおいに満悦した。マリクの意見が優勢になったように見せかければいいだけだと、カールトンは見抜いていた。

ライブラリーの警備員が武器を構えて、マリクとアサドのほうへ進んだ。アサドが緊張して、勝ち目のない戦いをしようと身構えた。マリクは立ちあがらなかった。なにかを持っている片手をあげた。

「そこでとまれ」マリクがいった。警備員が迷って、カールトンの顔を見た。カールトンが、やれやれというように目を剝いた。

「頼むよ、ロミール。それ以上、みっともないまねはするな」

マリクが掌をひらき、オレンジと黒の危険物マークの下に赤い字が書いてあるガラス瓶を見せた。

「これがなにか、ヴォランスキーが知っている」マリクは、ロシア人兵器業者のほうを向いた。「わたしがライブラリーを出るのを邪魔しようとしたら、これを落とす。そうしたら、全員死ぬ」

　ボリス・ヴォランスキーが、度肝を抜かれて急に立ちあがった。

「ノヴィチョクだ！」ヴォランスキーが叫んだ。ナタリー・テイラーの手が肩に置かれたのを、カールトンは察した。ノヴィチョクにどういう威力があるかを、テイラーもよく知っている。

「そのとおり」マリクはいった。「このガラス瓶には圧力がかかっている。割れたら神経剤が部屋中に拡散される。あっというまにみんな死ぬ」

　カールトンが、ゆっくりと立ちあがった。

「わたしとアサドが出てゆくまで、だれも動くな」マリクが警告した。

　カールトンは、せせら笑った。「そんな度胸はないだろう」だが、マリクには度胸があるし、失うものもないと気づいた。妻に先立たれ、子供はいない。それに、コロッサスを阻止することに取り憑《つ》かれている。

「どうしてわたしだとわかった？」マリクがきいた。

　カールトンは黙っていた。マリクが一同を見まわすと、ジェイソン・ウェイクフィールドがいった。

「あんたの配下のトルカンがモレッティ船舶の造船所にいるところを、カールトンが動画に撮った」アサドのほうを顎で示した。「会合前にカールトンが全員にそれを送ってきて、あんたが関与を認めるように計略にかけようといった。例の〝誘拐〟未遂もあったし、わたしたちも最初は信じられなかった。しかし、わたしをはめるためだったというのが、いま明らかになった。さっき調子を合わせたのは、カールトンがまちがっているというのを、あんたが証明するかもしれないと思ったからだ。ところが、カールトンのいうとおりだった。コケにされるのは不愉快だ」

「どうしてなの、ロミール？」メリッサ・ヴァレンタインが、首をふりながらいった。

「あなたはわたしたちとおなじ考えだと思っていたのに」

「はじめる前に、わたしはあんたたちに警告しようとした」マリクはいった。「しかし、あんたたちは聞こうとしなかった。無駄なプロジェクトになるだろうと思っていたが、そのうちにジュータ島の施設ができた。それで、コロッサスは夢物語ではないのだとわかった。あんたたちを阻止できる人間は、わたししかいなかった。だから、ヴァジュラ・プロジェクトをあれほど加速させたのだ。コロッサスにかかった費用の合計よりも、ずっと大きな金額になったが。やった甲斐があったようだな」

マリクは、ガラス瓶を指でつまんで立ちあがった。「さて、わたしはアサドといっしょに出ていく。わたしが衛星群を完成させるのを、諸君は邪魔するにちがいない。どうぞやってくれ。こっちも用意はできている。なにを思いつこうが、うまくいかないだろう。最後には、わたしが正しかったことがわかるはずだ。将来、わたしがいまやっていることに、諸君が感謝してくれることを願っている」

「感謝だと？」カールトンが、吐き捨てるようにいった。「よりよい世界を打ちたてようとするわたしたちの理想をぶち壊したことに？」

「世界を救ったことに」

マリクは、背後の戸口へ戻りはじめた。アサドがそのうしろで、静止している警備員に目を配った。

戸口を通ると、マリクが足をとめていった。「あんたたちは、このあともわたしを付け狙うだろうな？〈無名の九賢〉なるものは、ここでおしまいにしよう」

そういうと、マリクは会議室にガラス瓶を投げ込み、全力疾走で視界から消えた。

カールトンは、ガラス瓶が弧を描いて部屋のまんなかへ飛んでいくのを見て、向きを変え、そちらに駆け出そうとした。だが、テイラーが早くもカールトンの体を、うしろへひっぱっていた。カールトンは、よろけながらテイラーのあとを追い、グプタといっしょにアーチをくぐった。三人が角を曲がったときに、ガラス瓶が石の床に落ちる音が聞こえ、悲鳴があがった。

三人は走りつづけた。カールトンがふりかえると、ウェイクフィールドが警備員ひとりと、よろめきながらアーチから出てくるのが見えた。ウェイクフィールドが怯えた目で助けを求めようとしたが、もう手遅れだった。筋肉が硬直したウェイクフィールドと警備員が動けなくなり、彫像のように傾いて、硬い床に頭から倒れ込んだ。

おぞましい光景を見て、グプタが立ちどまった。グプタの付き添いも、取り残されていた。

「早く！」テイラーがどなった。「もう手のほどこしようがない。こっちよ！」

「この女は何者だ？」グプタが、カールトンにいった。「手のほどこしようがないと、どうして知ってる？」

「元英陸軍情報部員だからだ」カールトンはいった。「ただのアシスタントではなく、ボディガードでもある。きみのボディガードよりずっと優秀だな」

テイラーがグプタを押して歩かせ、三人はカールトンの出入口にいた警備員を見つけた。

「残っている警備員を探せ」カールトンが、警備員に命じた。「ロミール・マリクが、九人のうち六人を殺した。マリクがライブラリーを出る前に捕まえろ」

警備員が、愕然としてカールトンの顔を見てからうなずき、走り去った。

トンネルにおりてゆくとき、グプタが呆然《ぼうぜん》とした口調でいった。「どうしてマリクはあんなことをやったんだ?」

「正気ではないからだ」カールトンはいった。アサド・トルカンの動画が、改竄《かいざん》したものだということは、いわなかった。自分のメディアの人間を使い、現場の映像に顔を挿入したのだ。〈コロッサス5〉の破壊工作がマリクの差し金だったというのは、勘に過ぎなかった。他の七人がマリクと対立するように仕向けるには、確実な証拠が必要だった。

「二千年雌伏《しふく》して計画を立ててきたのに」グプタが、哀れっぽい声でいった。「〈無名の九賢〉は仲間ひとりのために一瞬で壊滅した」

「あとの六人は、もう必要ない」カールトンはいった。「プロジェクトはきみとわたしだけで完成できる。仕上げるのに必要なものは、すべてそろっている」

「六人のことをどうする?　いなくなったら、一族の人間が不審に思うだろう」

「わたしに新しい組織があるのを、忘れたのか。コロッサスが稼動できるようになるまで、彼らがいないのに気づかれないようにするか、もっともらしく説明する方法を考えよう。そのあとで、彼らの悲劇的な死をニュースでひとしきり報じればいい。捜査は行なわれないように手配する」

「いまコロッサス船がどこにいるか、マリクは知っているんじゃないか？」

カールトンは、首をふった。「いや、その情報はマリクに知られないようにしてある。マリクには見つけられない。〈コロッサス5〉も、知られていない場所に移して、アンテナを交換するよう、サイドンを説得した」

「ジュータ島から、われわれが探り当てられるおそれはないんだな？」

カールトンは、にやりと笑った。先ほどの事件に、まったく動揺していなかった。それどころか、仲間六人をマリクが淘汰《とうた》してくれたのは、非常にありがたかった。

「自爆手順のコードを送ったとマリクにいったのは、嘘ではない。ジュータ島は、一日が終わるころには遠い思い出になっているだろう」


「ずいぶん大胆でしたね」ライブラリーの自分の出入口に向かうマリクを先導しながら、アサドがいった。

「〈無名の九賢〉を何人も始末すれば、だいぶやりやすくなるからな」マリクは、自分の衝動的な行動が、いまも意外だった。

「カールトンはアシスタントといっしょに逃げたようだし、グプタも逃げた」

「全員が死ななくても、大損害を受けたから、隊伍《たいご》を整えるには時間がかかる」

出口トンネルの手前に達すると、そこに配置された警備員が不安そうに、悲鳴が聞こえたがどういうことなのかと、マリクとアサドにきいたが、返事は得られなかった。アサドが警備員の喉を手刀で一撃し、武器を取りあげた。喉笛を潰された警備員が、膝を突いて倒れた。

「あとの警備員が追ってくる」マリクは、警備員の死体を見ながらいった。「いくらおまえでも、皆殺しにするのは無理だろう。ライブラリーの敷地を出る前に追いつかれる」

「いや、そうはならない」アサドが答えた。警備員の銃を持ち、ベルトから恐ろしげな形のナイフを奪った。「行きましょう」

マリクは、アサドがなにをもくろんでいるのかをきかなかった。アサドは戦略的思考が得意だし、戦術的な創造性にも長《た》けている。マリクはアサドにつづいて通路にはいり、ふたりとも小走りになった。

長いトンネルの奥に達すると、うしろで足音が石の壁に反響した。アサドが一連射を放ち、マリクが獅子頭を動かした。障壁がゆっくりとおりてきた。警備員たちが応射し、通路の壁から跳ね返る弾丸を避けるために、ふたりは床に伏せた。

障壁が床に収納されて、開口部ができたときには、アサドの銃は弾薬が尽きていた。待たせている車まで行って、ここから脱出するまで、表でかなり長いあいだ、追撃を受けるにちがいない。

上がってくる水をさえぎる障壁が閉じはじめたとき、ふたりはそこをまたぎ越えた。アサドがふりかえって、死んだ警備員から奪ったナイフを、障壁と壁のあいだの狭い隙間に差し込んだ。

ナイフの強化鋼がきしみ、天井のくぼみと嚙み合わさるはずの障壁がとまった。ナイフが楔《くさび》の役割を果たし、障壁は通路を密閉できなくなった。水が隙間から流れ込みはじめた。運河の水を押しとどめていた堰が、すでに下がりはじめていた。

ふたりは階段を駆け上がって、乾いた小径に出た。マリクがふりかえると、堰は水中に見えなくなっていた。通路内の警備員たちは、ライブラリーの中心まで四〇〇メートルひきかえす前に、溺死するにちがいない。

「頭が切れるな」車に向かいながら、マリクはいった。

「カールトンが、ありとあらゆる手段で、われわれを攻撃するでしょう」アサドがいった。

「わかっている。これからはやつらとの競争になる」

アサドが、無言でうなずいた。沈痛な面持ちだった。なにが賭けられているかを、承知しているからだ。勝ったものが、文明の針路を永久に変えることになる。

20

ジュータ島

ライラ・ダワンは、この六カ月、毎日そうしてきたように、看守の三歩前を歩いていた。十八カ月前にこの島に着いたときには、もっと自由に歩きまわるのを許されていた。島のビーチから脱出しようとしても無駄だとわかっていたが、それでも何回かやろうとした。そのため、いまではビーチまで一日に一度、往復三十分歩くあいだ、ずっと見張りがつくようになった。

もっとひどい目に遭っていたかもしれないのだと、ライラは自分にいい聞かせた。看守は囚人に危害をくわえたり、いじめたりしないよう指示されていたし、ここに来てからずっと、きちんとした食事をあたえられていた。行儀よくしていたり、いい仕事をしたりすると、菓子類やＤＶＤのようなご褒美《ほうび》がもらえた。しかし、囚人であることに変わりはなかった。プロジェクトCに使い道がなくなったら、この淋しい場所で死ぬことになるだろうと、ライラは確信していた。

まもなくそうなるかもしれないと、ライラは思った。毎日十二時間、コンピュータの画面の前に座り、パターン認識ソフトウェアの経験に基づいてコードを書いている。ザヴィア・カールトンの飛行機は乗客すべて、AIのさまざまな分野を専門とする世界有数の技術者で、ライラもそのひとりだった。ライラは、プロジェクトCの詳細をすべて知っているわけではなかったが、自分たちの作業がプロジェクトの成功に不可欠であることは明らかだった。いま、彼らの作業量は、減りつつあった。

最近では、コンピュータの前に座って、何時間もなにもやらないことがあった。じつのところ、ソフトウェアの調整を行なう必要が生じたときのために、保険として配置されているだけのように思われた。やがて、三週間前に、看守のひとりが仲間と、〝就寝時刻《ベッドタイム》〟と呼ばれることについて話をしているのを、ライラは小耳に挟んだ。

最初は、最低限の設備しかない宿舎についての、気味の悪いジョークかと思った。だが、あちこちで断片的な話を聞くうちに、〝ベッドタイム〟は暗号名だと悟りはじめた。島で起きたことを看守がすべて消滅させるときに、それが命じられるようだった。

つまり、囚人もすべて消し去ることを意味する。島に着いた初日にライラが目撃したことからして、看守は躊躇せずそれをやるにちがいなかった。

エアバスA380のコクピットで、ガスのために眠らされたあと、ライラは着陸するまで意識を失っていた。他の乗客九十七人とともに、ライラはふらふらしながら脱出スライドを滑り降りた。欠けていた乗客はひとりだけだった。頭に致命傷を負ったアダム・カールトンが、遺体袋で運び出された。

わけがわからず狼狽《ろうばい》している乗客は、二等分された。分けた理由は、定かではなかった。三十代の目が醒めるような美女のうしろに、自動火器を持った看守がならんだ。その女が、乗客たちを冷たい目で見据えて、感情のこもらない声で話をした。ライラが一生忘れられないような、現実離れした光景だった。

「おまえたちは、たったひとつの理由から、ここに連れてこられた」イギリスの上流階級の英語で、女がいった。「おまえたちはみんな、われわれが必要とする智識とアクセスを備えている。あすにもわかるだろうが、逃げようと考えても無駄だ」

そのとおりだったと、ライラはあとで思い知った。最初の脱出のこころみでは、だれかが調べに来て解放してくれることを願って、ココヤシの実の殻と流木を山積みにして火をつけた。だが、すぐに消されたし、だれも助けにこなかった。

二度目は、何週間もかけて流木と椰子《やし》の葉をこっそり集めて、粗末な筏《いかだ》をこしらえた。いったいどこにいるのか、見当もつかなかった。カリブ海から南太平洋に至るまで、どこであっても不思議はないが、熱帯の海だというのはまちがいない。大洋航路まで漕《こ》いでいければ、救出されるかもしれない。

ある晩、ライラはなんとか脱け出して、筏を組み立て、海に押し出した。環礁を越えて外海まで出られたが、二分の一海里沖まで行ったところで、〈ゾディアック〉が轟音とともに現われて捕まった。それから三カ月、独房に監禁されている。だが、それよりひどい目に遭っていたかもしれないのだ。

イギリス女は、強制収容所の所長であるかのように、なおも演説をつづけた。「おまえたちが重大な状況に置かれていることを強調しておこう。各国がおまえたちを捜しているが、見つけることはできないだろう」入念に隠されている頭上の旅客機を示した。「この飛行機はイラン沿岸沖で、テロリストによって撃墜されたと、国際社会は考えている。破片は発見されるだろうが、おまえたちは発見されない。そのうちに捜索は打ち切られる。飛行機もおまえたちも絶望視される」

「これはいったいどういうことだ?」乗客のひとりが叫んだ。数人が戦おうとするかのように進み出たが、イギリス女が指を一本ふり、看守が武器を構えた。

「おまえたちにきわめて特殊なプロジェクトを手がけさせる。おまえたちはテクノロジーや学問の分野では、最高の頭脳だ。おまえたちが手伝えば、われわれの世界の未来を変えるようなことを達成できる」

「それなら、わたしたちを雇えばいいのに、どうしてそうしないの？」ライラはきいた。

「必要なのは、おまえたちの専門技能だけではないからだ」イギリス女が答えた。「われわれは、おまえたちのアクセスも必要としている。あすの終わりには、われわれはおまえたちのそれぞれが属する組織のコンピュータ・ファイルに、完全に侵入する。おまえたちは死んだと、だれもが思っている。おまえたちの組織が、コンピュータ・システムに不調があるのを見つけたとしても、ソフトウェアの不具合だと見なされるだろう。われわれがおまえたちのデータベースにハッキングするのを、おまえたちが手伝ったとは、だれも思わない。そうやって機密情報を入手することで、何年分もの作業が節約でき、それがプロジェクトを完成させるのに必要な触媒《しょくばい》になる。もちろん、おまえたちが手伝えばだが」

「拒否したら？」ライラはいった。数人が賛成して低いつぶやきを漏らした。

イギリス女が、唇をゆがめて、ぞっとするような笑みを浮かべた。「残った人間は、拒否しないと思う」

女がかすかに向きを変えて、うなずいた。

看守が、ライラたちとはべつの集団に銃の狙いをつけた。発砲される寸前、ライラはなにが起きるか悟って、背すじが冷たくなった。

ライラから数メートルしか離れていない、無力な乗客の群れを看守が撃った。彼らが冷酷に殺されるあいだ、生き残ったものは恐怖のあまり悲鳴をあげた。ライラの叫び声が、もっとも大きかったかもしれない。ライラはそばにいた女の体をつかんで、抱きしめ、いっしょにめそめそ泣いた。おぞましい光景がまだ目に残っていた。

イギリス女は、その大量虐殺にも平然としていた。吐き気を催すくらい、感情が欠けていた。

「そのものたちは、われわれの役には立たない。協力しないとどうなるか、これでわかったはずだ。いくらでも躊躇せずに手本を見せる。仕事をすれば、きちんとした扱いをする。以上だ」

イギリス女が、看守の指揮官にうなずき、向きを変えて立ち去った。ライラはその後、彼女を一度も見ていないが、死人の目のような凝視が忘れられなかった。

その後も、ライラは親と再会できる望みを捨てなかったが、その望みは、日がたつにつれて薄れていった。散歩して陽射しを浴びたり、地面を踏みしめたり、降ったばかりの雨に濡れた植物の芳醇《ほうじゅん》な香りを嗅いだりするような、単純な物事を楽しもうとした。

ビーチへ行くと、インド人の看守がいつものように煙草を出して吸おうとした。ライラはしばしば看守と話をして、いつか利用できるような信頼関係を築こうとした。いまはそういう気分ではなかった。砂浜に座って、細かい砂を手ですくいながら、穏やかな大海原を見つめた。いつもそうやって、船が通る気配はないかと探した。きょうこそ、武器を持った看守に囚われているのをだれかが見てくれるのではないかと思ったが、いつもと変わらなかった。水平線まで、海にはなにもなかった。

看守の無線機が甲高い音を発した。看守が、吸殻の山に、吸っていた煙草を捨てた。「すこしはのんびりさせてくれよ」看守が、帽子を持ちあげて額を拭《ふ》きながら、無線の相手に文句をいった。ライラのほうを見た。「女はめずらしくおとなしくしてる」

「連絡があった」相手が応答した。「〝ベッドタイム〟だ」

ライラはその言葉を聞いて身をこわばらせたが、看守のほうを見ないようにした。報せを受けた看守が、背すじをのばすのを、ライラは目の隅で見た。

「ほんとうか？　演習じゃなくて？」演習では、監房に戻されるのが手順になっていたのを、ライラは思い出した。

「ほんとうだ。ダワンといっしょにこっちに戻れ。急げ」

「了解した」看守が、無線に向かっていった。声を殺して、「ついに来たか」とつぶやいた。

「行くぞ」看守が、ライラに向かっていった。

なにができるかをすばやく考えながら、ライラはじっとしていた。

「まだ時間になっていない」

「関係ない」

ライラは座ったままだった。選択肢がいくつも脳裏を駆け巡ったが、どれもかんばしくなかった。

「行くぞ。さあ」看守がくりかえした。「手荒なまねをさせたいのか」

ライラは、看守を観察しながら、のろのろと立ちあがった。看守は施設に戻ることばかりを考えていて、アサルト・ライフルは肩からだらしなく吊ったままだった。

〝ベッドタイム〟が特別な指示だというのをライラが知るよしもなく、すなおに従うと思っているのだ。

だが、どうせきょう殺されるのなら、日の当たるところで死にたいと、ライラは考えていた。

　ライラは看守に跳びかかって、アサルト・ライフルをつかもうとした。看守がなにが起きているのかに気づく前に肩からひったくったが、大柄な看守がすぐさま反撃した。ライラの腕を看守が肘打ちし、ライフルがビーチの上を飛んだ。ライラはそれを拾おうとしたが、看守に手首をぎゅっとつかまれた。

　ぼんやりと記憶している護身術訓練を思い出し、ライラは看守の股間《こかん》を膝蹴《ひざげ》りした。看守が痛みのあまり体を折り、ライラから手を離した。ライラはライフルのほうへ身を躍らせたが、昔の恋人と射撃場で拳銃を撃ったことが一度あるだけだった。どんなライフルも扱ったことがない。たとえライフルを持ったとしても、使えるかどうか、わからなかった。

　撃鉄が起こされるカチリという音が聞こえ、ライラはじたばたするのをやめた。転がってふりむくと、激怒している看守に拳銃で狙われていた。顔に突きつけられたセミオートマティック・ピストルの銃身が、やけに大きく見えた。

「いいかげんにしやがれ！」看守がわめいた。ゆっくりと輪を描いて歩き、アサルト・ライフルを拾いあげた。拳銃の狙いはぶれなかった。「ここで殺したほうがよさそうだ」

ライラは立ちあがり、自分の運命を受け入れて、溜息をついた。

「だったら、そうしたら？　〝ベッドタイム〟がなんなのか、わたしは知っているのよ。施設をぜんぶ破壊して、わたしたちを皆殺しにするんでしょう？」

看守が、驚いて目をしばたたいた。

「やりなさいよ！」ライラは叫んだ。「わたしを撃ちなさい！」

看守がにやりと笑い、首をふった。「それからおまえの死体をひきずっていくのか？　重労働になる」

「わたしは動かないから、引き金を引いたほうがいいわ」ライラは、昂然と看守を睨みつけ、撃たれるのを覚悟した。

看守が肩をすくめて、ライラの顔に銃口を向けたままで近づいた。「そんなに死にたいのなら」

看守は引き金を引けなかった。クロスボウの矢が、ビュッという音をたててライラの頭のそばを通り、看守の目に突き刺さった。看守が、まるでスイッチを切られたみたいに、一瞬にして倒れた。

まちがいなく死ぬところを救われたのかと、ライラはまず思ったが、そんなことはありえないと気づいた。〝ベッドタイム〟手順を指示した人間を除けば、自分たちがここにいるのを知っているものはひとりもいない。捕虜だけが一掃されるのではないのだ。島にいる人間は、看守も含めて、すべて殺されるにちがいない。

右手に動きが見えた。戦闘装備を身につけたブロンドの長身の男が、自動火器を持って、ジャングルから現われた。男が笑みを向けていった。「やあ、わたしはファンだ。ここに来たのは――」

男は最後までいえなかった。ライラがかがんで看守の拳銃を拾った。相手の言葉を聞かずに、ライラはファンと名乗った男を狙い、三発をそちらに向けてたてつづけに発射した。

ファンが倒れた。ライラは、自分を殺すために送り込まれてきた人間がほかにもいるかどうかを見届けるような手間はかけなかった。

向きを変え、駆け出した。

21

ジュータ島

レイヴン・マロイは、三発が発射されてカブリーヨが倒れるのを見たが、手当てはエディーとリンクに任せた。マクドとともに、女を追わなければならない。マクドのクロスボウには、すでに矢が装塡されていた。

ふたりはビーチを走って、ジャングルにはいった。女の足跡が、木立のなかに消えていた。繁茂した樹木を女は掩蔽《カヴァー》に使えるが、音をたてずにすばやく移動するのは妨げられる。

レイヴンが足をとめ、片手をあげた。ふたりとも、枝や葉がこすれる音に耳を澄ましたが、あたりは静まり返っていた。

「おれっちは、あの女の命を救ったんだ」マクドがつぶやいた。「彼女、どうして会長を撃ったんだ？」

レイヴンは、女が飾り気のないつなぎを着ていたことを考えていた。「旅客機の乗客だったのかもしれない。だとすると、もう一年半もここにいるし、敵がだれなのか、わからなくなっているのよ」

「あるいは味方がだれなのか」

「彼女がほんとうの敵と出くわす前に、見つけないといけない」

マクドが、レイヴンの右のほうを顎で示した。「あっちの九〇メートル先で、立ちどまっている」

レイヴンは、その方角を見たが、なにも見えなかった。「どうしてわかるの？」

「おれっちは、生まれたときからずっとハンターなのさ」マクドが、口をゆがめて笑った。「ハリケーンのなかでハチドリを追うこともできる」

レイヴンは、肩をすくめた。マクドはいつでもそういう大口を叩く。ハンターではないレイヴンは、マクドのいうことが正しいのかどうか、わからなかった。レイヴンには米軍基地で育ち、陸軍にはいってからは憲兵として勤務して、まったく種類がちがう手がかりを使って、容疑者を追っていた。しかし、オレゴン号に乗り組むようになってから、新しい同僚たちがそれぞれの分野の達人だということを、身をもって学んだ。九〇メートル離れた木の蔭に女が隠れているとマクドがいうのだから、疑うことなくそれを信じた。

「わたしが話をする」レイヴンはいった。「この状況では、あなたの魅力は効き目がないと思う」相手と話をして信頼を得るのは、捜査員だったレイヴンの得意分野のひとつだった。

「お好きなように」マクドはいった。「でも、おれっちが目を光らせてるよ」クロスボウを構えた。

「六時（まうしろ）に注意して」レイヴンは、反対の方角を指差した。「銃声が望ましくない注意を惹いたかもしれない」

マクドがうなずき、レイヴンは忍び足で進んでいった。

九〇メートルの半分まで行ったところで、レイヴンは足をとめた。拳銃の扱いに熟達していない人間には、命中させるのが難しい距離だ。

「あなた」レイヴンは大声でいった。「わたしはレイヴン・マロイ。わたしのチームは、あなたに危害をくわえるために来たんじゃないのよ」

反応はなかったが、ヤシの木の向こうで動いている黒いつなぎの一部が見えた。

「怯えてるのはわかってる。わたしだって、怯える。あなたが長いあいだ、この島に閉じ込められてたのは知ってる。わたしたちは飛行機を見つけた。あなたを殺そうとしたあの男の仲間といっしょにいるよりも、わたしたちといっしょにいるほうが安全よ」

「離れて！」女が叫んだ。「〝ベッドタイム〟がなにか、わたしは知っているのよ」

レイヴンは、もうすこし近づいた。「それがなにか、わたしは知らない。助けてあげたいだけ」

「あんたたちは、わたしたちを皆殺しにするために来たのよ！」

「だれも殺すつもりはないわ」

「看守を殺したじゃないの」

「分隊の仲間があの男を殺したのは、当然でしょう」レイヴンはいった。「看守はあなたを殺そうとしていたんじゃないの？」

「それは……そうね」

「だったら、ああなったのはいいタイミングだったわけでしょう。出てきて。連れて帰ってあげるから」

藪《やぶ》が葉ずれの音をたて、脇に拳銃をさげて女が出てきた。インド系のようだったが、アメリカ英語で話していた。

「あなたが嘘をついていたとしても、このちっぽけな島には逃げるところがないから、そのうちに見つかるわね。ほんとうのことをいっていると思うほうが、理屈に合うわ。あそこで看守といっしょに撃ち殺すのは簡単だったし。希望を抱いていいかしら?」

レイヴンは、武器を背中にまわして吊り、近づいていった。「いいわよ。名前は?」

「ライラ・ダワン。ここはどこ?」

「インドの西にある島」

ライラは、その言葉を考えるあいだ、間をおいた。「でも、あなたにはインドのなまりがない。アメリカ人なの?」

レイヴンはうなずき、拳銃を受け取ってから、握手を交わした。

「あなたたちは何者? 特殊部隊?」

「そんなところね」レイヴンはいった。「この島でおかしなことが起きているという情報がはいったので、調べにきたのよ。侵入者を敵視する原住民がいるという話だった」

「原住民は、十年前に伝染病がひろがって全滅したらしいの。でも、真相はわからない。わたしたちを監禁している連中は、まだ原住民がいると、インド政府に思わせているようよ」

マクドが、ジャングルから姿を現わした。「これからはもう、人間が住むことはないだろうな。おれたちは出てっちまうし……おっと、おれっち、マクド」

マクドがどこからともなく現われたので、ライラはびっくりしたが、「ハロー」といった。ライラはそこでしおれた表情を浮かべた。「いけない！　ビーチのあのひとは、あなたたちの仲間だったのね？　わたし、殺してしまった」

「殺してないと思う」レイヴンはいった。「たしかめに行きましょう」

レイヴンとマクドは、看守がいないかとまわりを見ながら、ライラを連れて、ビーチにひきかえした。

ビーチに着くと、カブリーヨは立ちあがっていて、リンクとエディーとともに、三人のほうへ歩いてきた。

「わたしがいけないんだ」カブリーヨはいった。「さっきは、助けにきたようには見えなかったにちがいない」

レイヴンが、ライラを紹介した。

「撃ったりしてごめんなさい」ライラがいった。「味方だとはわからなかったの」

「射撃の腕は悪くないね」ベストに穴があいているところをさすりながら、カブリーヨはいった。「一発が胸に命中した。さいわい、抗弾ベストは拳銃弾には耐えられるものだった」もう一発が首すれすれで襟を吹っ飛ばしたことは、いわなかった。

「〝ベッドタイム〟とかいってたわね」レイヴンが、ライラにいった。「どういう意味だったの？」

「わたしたちがここでやっていたことの証拠を、この島から消滅させる手順のことよ。あなたたちが助けてくれたとき、看守はそれをはじめようとしていたの」

「それじゃ、早くここからきみを連れ出さないといけない」カブリーヨはいった。

「銃声を聞いて、看守が何人も来るかもしれない」エディーが、ジャングルからのびている小径を眺めた。

「すぐには来ないわ」ライラはいった。「わたしを処刑したのかと思うでしょう。だれかをたしかめによこすまで、すこしは時間がかかるはずよ」

「島にいるのはきみだけか？」カブリーヨはきいた。「それとも、建物内にほかにも囚人がいるのか？」

「建物？　ああ、あの小屋ね」ライラはうなずいた。「わたしたちは、ぜんぶで十九人よ。施設から助け出さないと、みんな殺される」

リンクが、不思議そうな顔でライラを見た。「施設？　あのちっぽけな小屋に、十九人が一年半も閉じ込められていたのか？」

ライラは首をふった。「小屋は地上に出ている部分なの。補給品のコンテナやトラクターが入れてあるだけ。島には広い地下施設があるのよ。〝ベッドタイム〟がわたしの解釈しているようなことだとすると、それを囚人ごと爆破するつもりだと思う」

22

オレゴン号から応援が来るのを待ってはいられないとカブリーヨは思ったが、マックスにもっと島に近づくよう指示した。もう隠密行動の必要はない。

「看守の数は？」カブリーヨは、ライラにきいた。ライラは胡坐《あぐら》をかいて座っていた。殺されかけた直後なので、まだ呆然としていた。カブリーヨは、その前でしゃがんだ。マクドとリンクが小径のほうを警戒し、エディーとレイヴンはライラの左右でひざまずいていた。

「十五人」ライラがいった。「十四人になったわね」

「たいした人数じゃない」エディーはいった。

「ほかには？」

ライラは首をふった。「あとはわたし以外に囚人が十八人だけ。ときどきだれかが来るけれど、そんなに頻繁ではない。仕事はすべてコンピュータでやるし、プロジェクトについてのエンジニアとの打ち合わせは、専用衛星リンクを使って、メールかテレビ会議でやっていた。先方の望むような仕事ができないときには、エンジニアが看守長にいいつけるの。フォードル・ユディンという憎たらしい看守長よ」

ライラは、地下施設のだいたいの配置を、カブリーヨたちに教えた。業務用エレベーターで地下三階まで行くことができる。小屋のすぐ下の地下一階は、管制センターと倉庫。地下二階にはコンピュータ室や食堂のような共用部分。宿泊設備はすべて地下三階にある。電力は、小屋のなかのディーゼル発電機が供給する。

「施設内の見取り図を描いてくれ」カブリーヨはいった。「そうしたら、レイヴンに、わたしたちの船まで送らせる」

「なんですって?」ライラがいった。「だめ。いっしょに行くわ」

カブリーヨは首をふった。「危険すぎる。きょうは一度、きわどい目に遭ったばかりじゃないか」

「ねえ、助けてくれたのには感謝している。ほんとうに。だけど、お友だちがいるのよ。いま救い出さなかったら、みんな死ぬ。ユディンはもう、わたしの見張りがどうなったのかと怪しんでいるでしょう」

エディーが、看守の死体から奪った無線機を持ちあげた。「そのとおりだ。大至急戻ってこいと、いましがた連絡があった」

「それに」ライラがいった。「わたしが行かなかったら、あなたたちはみんなに信用されないかもしれない」

カブリーヨは気が進まなかったが、ライラのいうとおりだった。手早くこれをやるには、ライラを連れていくしかない。

「わかった。でも、レイヴンはきみのそばを離れない。それでいいね?」

ライラがうなずいた。

「よし」カブリーヨはいった。「小屋のドアの横に、生体認証スキャナーがある。この看守の死体を運んでいったほうがいいかな?」

「使われたことはないの」ライラがいった。「必要なかったからでしょう。わたしたちはそこからめったに出ないし、ずっと監禁されているから」

「それじゃ、どうやってはいればいい?」レイヴンがきいた。

「ドアにカメラがある。カメラの画像を見て、中央管制室からドアをあけるの」

エディーが、看守の死体のほうを顔で示した。「こいつの指紋を使ってはいるわけにはいかないな」

「それに、顔に穴があいているから、カメラもごまかせない」カブリーヨはいった。

マクドはすでにクロスボウの矢を抜いて、波打ち際で洗っていた。「だれかが逃げようとしたことはあったのか？」

「わたしが」ライラはいった。「二度」

「建物は出られたんだね？」

「ええ、でも遠くへは行けなかった」

「やつらがすばやく追ってきたからだな。何人いた？」

「二度とも、看守が四、五人出てきて、わたしを探した」

エディーは、カブリーヨの顔を見た。「だとすると、敵の数を減らせる」

「それも悪くない」カブリーヨはいった。ライラにきいた。「小屋の大きな車庫のドアは？」

「やはり内側からあけるのだと思う」

「施設内のドアは？」

「鍵《かぎ》がかけられるのは、管制室と囚人の監房だけよ。わたしたちは、監房にいないときには厳重に監視されていて、看守は武器をいつも持っている。看守から銃を奪おうとしたひとがいたけれど、彼……」

「わたしたちが助け出す」カブリーヨはいった。「しかし、はいるのにきみの手助けが指示したら、救助を呼ぶふりをしてくれ」

カブリーヨは立ちあがり、ライラに手を貸して立たせ、無線機を渡した。「わたしが必要だ」

「なんでもやるわ」ライラがいった。

フョードル・ユディンは、ようやくこの小島を離れられるので、ほっとしていた。ユディンも、旅客機の乗客とおなじように、ここでは囚人も同然だった。ボリス・ヴォランスキーに、看守長をやるよう命じられたときには断わったが、ひと財産稼げるといわれて引き受けた。だが、天気がよく、熱帯の陽射しを楽しめたにもかかわらず、孤絶した状態がつらくなりはじめていた。ロシアでは一年に六カ月、氷点下に耐えなければならないとはいえ、モスクワ生まれのユディンは、ボルシチとウォッカと夜の歓楽の暮らしに戻りたかった。

ライラ・ダワンを監房に戻し、迎えの船が到着すれば、そういう自由な暮らしをふたたび味わうことができる。ダワンを他の囚人とおなじように監房に閉じ込めたら、自爆装置のタイマーをセットできる。監房もここで行なわれていたことの物証も、すべて破壊されるはずだった。ジャングルのなかの旅客機だけは残るが、ユディンの雇い主と犯罪を結び付けるようなものは、そこにはなにもない。

看守が〝ベッドタイム〟手順を用意していたので、管制室での動きはあわただしかった。みんなユディンとおなじように、早く文明的な環境に戻りたいのだ。ユディンは中央制御盤に向かっているオペレーターのうしろに立ち、細長い部屋の両端にあるドアを、看守たちがさかんに出入りしていた。その部屋はブリーフィング・ルームを兼ねていて、幹部のためのデスクもあった。すでに囚人はほとんど監房に閉じ込め、看守たちは宿舎で持ち物をまとめている。

ひとつだけ片付いていないことがあるのが、ユディンには腹立たしかった。

「やつをもう一度呼べ」ユディンは命じた。

ヘッドセットをかけたドイツ人の看守が、うなずいていった。「応答しろ、06。くりかえす、応答しろ、06」通信ではコールサインのみを使っていた。

ユディンは、表のドアの上にあるカメラの画像を映しているモニターを、ちらりと見た。ふたりが現われる気配はない。

頭上のスピーカーから、空電雑音が聞こえた。すこし間を置いて、ドイツ人がいった。「応答はありません」

「ああ、わかってる」

ライラ・ダワンは、前にも面倒を起こしたことがあったが、看守ひとりでさばけるはずだった。06の無線機が故障しているにちがいない。

「だれかを捜しにいかせて、連れ戻せ。早くやれ」

「はい」

ドイツ人が看守をひとり呼ぼうとしたとき、スピーカーがガリガリと音をたてた。囚人の声が聞こえたので、ユディンはびっくりした。まわりにいたものが、すべてやっていたことを中断し、耳を澄ました。

「これを聞いているひと、だれでもいいから」ライラ・ダワンがいった。「わたしはライラ・ダワン、島にとらわれている。島の名前はわからないけれど、応答して、この信号を探知して、わたしを見つけて」

看守からどうやって無線機を奪ったのか、ユディンにはわからなかった。しかし、注意を怠った看守は、罰として島に残すつもりだった。近くを船が通って、彼女のSOSを受信することはありえないだろうが、ジュータ島とおさらばできる瀬戸際になって、危険を冒すわけにはいかない。

「信号の位置を探知できるか？」ユディンはきいた。

「無理です。でも、島の北東のビーチへ行くことになっていました」

「それなら、四人連れていって、ふたりを連れ戻せ」

「おれが？」

「そうだ。おまえがやれ」

ドイツ人が立ちあがり、アサルト・ライフルをならべてある棚へ行った。やりとりを聞いていた看守四人を手招きして、いっしょに来いと合図した。「交戦規則は？」

ライラ・ダワンがどうなろうが、ユディンはもう知ったことではなかった。「女を殺すのを許可する。だが、死体はここへ持ってこい……早く行け！」

看守五人が棚の武器をつかんで、駆け出した。

23

カブリーヨは、藪の蔭に伏せてクロスボウの望遠照準器《スコープ》を覗き込んでいるマクドのそばでしゃがんだ。エディーとリンクはふたりの右で、ナイロンロープを握っている。レイヴンとライラは、左でやはり葉叢《はむら》に隠れて伏せていた。全員が、島の施設の出入口の小屋からは見えないところにいた。ビーチに通じる小径の遠い端から、煙が渦を巻いて昇っていた。見張りがそれを見て急いで駆けつけるように、リンクとエディーが火をおこしたのだ。

ライラが無線機を持ちあげて、また呼びかけようとしたが、小屋のドアがあくのを見たカブリーヨが手をふってとめた。看守五人が銃を構え、密集隊形で駆け出してきた。先頭の看守がすぐさま煙に気づき、ついてこいと叫んで、全速力で駆け出した。

看守たちがどたどたと小径を走るあいだに、蝶番にばねが取り付けられているドアが、ゆっくりと閉まりはじめた。

マクドのクロスボウには、かかりの付いたチタニウムの矢が装塡されていた。矢の端には、ロープが結び付けてある。

ドアはあと数秒で閉じるが、看守たちが開豁地《かいかつち》を通り抜けて音が聞こえないところに行くまで、カブリーヨは待った。

カブリーヨはささやいた。「撃て」

マクドが矢を射て、開豁地を越えて飛んだ矢が、鋭いドンという音とともに、ドアの縁に突き刺さった。必死で走っている看守たちには、その音は聞こえなかった。

カブリーヨが渡した二の矢をマクドが装塡しているあいだに、エディーとリンクは急いでロープをたぐり寄せ、ドアの掛け金がおりる直前にぴんと張った。

マクドが慣れた手つきでクロスボウの弦《つる》を引き、新しい矢をこめた。

ドアの上のカメラめがけて射た。

狙いあやまたず矢が飛んで、カメラの箱に激突した。衝撃でカメラがバラバラになった。

「行くぞ」カブリーヨはいった。

六人は開豁地を突っ切り、カブリーヨがドアを引きあけるあいだ、エディーとリンクが掩護した。カブリーヨがＰ90サブマシンガンを肩付けしてなかにはいり、銃口を左右に動かしながら敵の有無を確認した。

右側に赤いコンテナが一台あり、後輪のタイヤが一八〇センチもの高さがある巨大な新型トラクターにつないだトレイラーに載っていた。トレイラー一台を曳《ひ》くにしては強力で大きすぎるが、〈トライトン・スター〉のコンテナを運んで桟橋とのあいだをできるだけすばやく往復するのに必要なのだろう。そのコンテナの向こうにもう一台のコンテナがあった。小屋の奥には、荷物をおろすのにじゅうぶんな空間がある。

左側にはガタガタ音をたてる発電機と、大きなタンクがあり、そばに燃料のドラム缶が積んであった。ディーゼル燃料の排気ガスのにおいが充満していた。

カブリーヨの正面には、階段の昇降口と大きな業務用エレベーターがあった。エレベーターの昇降路は階段と垂直にならんでいて、ドアは閉じていた。いまのところは、画像が消えた外のカメラを、だれも調べに来ない。あとは各階の廊下とコンピュータ作業室にカメラがあるだけだと、ライラが断言していた。

カブリーヨは、手をふって、あとの四人を呼び入れた。

「マクド」カブリーヨはいった。「ここにいて、看守がひきかえしてきた場合のために、われわれの背後を掩護してくれ。エディー、きみはレイヴン、リンク、ライラといっしょに階段をおりて、ドアをふさげ。わたしはエレベーターを片付ける」

マクドが小屋のドアのそばに残り、四人が階段をおりていった。カブリーヨはベストから小さなバールを出して、エレベーターのドアをこじあけた。覗くと、エレベーターのかごは一階下にあった。

カブリーヨは、ポケットから小さな容器を出して、蓋をあけた。なかにはいっていた灰色のパテのようなものは、少量のC‐4プラスティック爆薬だった。カブリーヨは鋼鉄の梁《はり》に足を突っ張って、エレベーターロープに手をのばし、プラスティック爆薬をまわりに巻きつけた。小さな遠隔起爆装置をそれに差し込み、昇降路から出た。

階段をおりていくと、エディーとあとの三人は、すでに地下二階まで行っていた。エディーが、注入器を使って、万能瞬間接着剤を錠前とドアの継ぎ目に流し込み、油圧シリンダーを使わないかぎりあかないように固く接着していた。接着剤を溶かすには、陸上作戦の標準装備として携帯しているアセトン注入器が必要だった。地下一階もすでに、おなじように密閉されていた。看守が背後から忍び寄ることはできなくなった。

エディーの作業が終わると、五人は囚人の監房がある地下三階へおりていった。ドアをあける前に、カブリーヨは立ちどまった。

「ここを通ったら、やつらに姿を見られるから、あまり時間はない」カブリーヨはいった。

「廊下の北の端に、べつの階段のドアがあるの」ライラがいった。「地上へは出られないけれど、管制室の階まで行ける」

看守長が、そちらから応援を送り込もうとするにちがいない。カブリーヨはエディーに目配せした。エディーはそれだけで察した。北の階段のドアも密閉する。

「この階に配置されている看守の数は?」カブリーヨはライラにきいた。ライラは不安げだったが、勇み立っているようでもあった。

「いつもはひとりだけ。監房すべての鍵を、そのひとりが持っている。コンピュータや通信システムに電力を使うから、ここは省エネでローテクなの」

「突入したら、施設に侵入されたことをやつらが気づくから、すばやくやらないといけない。みんな、用意はいいか?」

全員がうなずいた。レイヴンが、ライラの肩に手をかけた。エディーが北側のドアを処理するあいだに、リンクがここの看守を始末することになっていた。

カブリーヨは、遠隔起爆装置の発信機をポケットから出した。全員の顔を見てから、ボタンを押した。

24

フォードル・ユディンが、表のカメラの画像がどうして送られてこなくなったのだろうと不審に思っていると、エレベーター昇降路のほうから爆発音が聞こえた。管制室にいた看守が全員、びっくりして立ちあがった。

ユディンは、看守ふたりに向けてどなった。「なにが起きたのか、調べにいけ」

ただの機械の故障ではないかもしれないと気づき、ユディンは呆然とした。ライラ・ダワンが脱出のために施設に破壊工作を仕掛けたのか？

囚人の監房がある地下三階の広い廊下を映しているモニターを見て、状況がもっと深刻だということをユディンは察した。

南の階段のドアが勢いよくあき、巨漢の黒人が突入してきて、配置されていた看守を一発でノックアウトした。つづいてアジア系の男が跳び込んできて、廊下の北のドアへ突っ走っていって、しゃがみ、ゲル状のものを塗りはじめた。

アジア系のあとから、三人がはいってきた。ブロンドの男が、看守から鍵を奪った。黒髪の女とライラ・ダワンがつづいていた。ダワンを除く全員が、重武装していた。

ブロンドの男が監房の錠前をあけ、出てきた囚人たちがよろこびいさんでダワンを抱きしめた。

どうやったのかはわからないが、ライラ・ダワンが脱獄の手配をつけたのだ。囚人がひとりでも逃げれば、自分の命はないと、ユディンは知っていた。

看守ふたりが戻ってきて、ひとりがいった。「エレベーターは使えません。エレベーターロープが切られたにちがいない。かごが何メートルか落ちてから、非常止め装置が働きました」

ユディンは蒼ざめた。悪夢のような事態になった。侵入者を阻止しなければならない。

「南の階段は？」

「いくらひっぱっても、ドアがあきません」

ユディンは地下二階に連絡した。南のドアはやはりあかないが、北の階段のドアは通れるということだった。

侵入者があのゲル状のもので、ドアをあかなくしたにちがいない。プロの仕事だ。

「全員、武器を持て！」ユディンは叫んだ。「どんな犠牲を払ってでも、脱出を阻止する」どうやら、人数ではユディンの側が侵入者をしのいでいるようだった。

「われわれは閉じ込められてます」看守のひとりがいった。「囚人の階にも行けないし、表にも出られない」

そのとおりだと、ユディンにはわかっていた。突破しなければならないが、どうやればいいのか？　爆薬は上の小屋に保管されている。ドアを爆破する方法がない。それに、侵入者はエレベーターが動かないようにした。

だが、エレベーターのドアはあくかもしれない。地下二階からエレベーター昇降路にはいれるかもしれない。

ユディンは、その看守のほうを向いた。「全員、地下二階に集めて、エレベーター昇降路を通って地下三階に行けといえ。やつらを皆殺しにしろ」

看守がうなずき、手をふって他の看守を連れていった。

ユディンは、ビーチへ行った看守五人を、無線機で呼び出した。

「応答しろ、０９」

「０９です」ドイツ人看守が答えた。「０６は死んでます。囚人を見つけられません」

「女はこっちにいる。われわれは攻撃されてる」

「攻撃？　だれが――」

「知るか！」ユディンはどなった。「いいから、大至急戻ってこい」

「わかりました」

施設に侵入されたからには、自爆機構をすぐに作動する必要がある。ユディンはコンピュータに暗証番号を打ち込み、監房の階の壁に埋め込まれた爆薬のタイマーをセットした。それから、コンピュータのロックをかけた。

カウントダウンをとめられるのは、ユディンだけになった。五分後には、地下施設はすべて爆発して崩壊する。

監房の錠前をあけるとともに、囚人たちは階段を昇って小屋のなかに出た。マクドがそこで待っていた。

北の階段のドアを叩く音は熄《や》んでいた。看守たちにドアを吹っ飛ばせる爆薬の用意があることを、カブリーヨは怖れていた。全員をできるだけ早く、外に出したかった。囚人十八人のなかには、体調がすぐれないものもいるから、浮沈式桟橋まで行くのに、かなり時間がかかるかもしれない。そのあいだ全員を護るのは、ほとんど不可能に近い。

「マクド」カブリーヨは、超小型通信機のマイクに向かっていった。「トラクターを用意しろ。ドライブに出かけるぞ」

「了解しました」

「マックス、そっちの到着予定時刻《ETA》は？」

「あと五分かかる」マックスが答えた。

「わかった。エンジンの馬力をもうちょっと搾《しぼ》り出してもらえると助かる。掩護射撃も必要になるかもしれない。こっちはちょっとした緊急事態だ。桟橋で見張っていてくれ」

「目を皿にしてるよ」

　廊下の奥に達して、最後から二番目の監房のドアをあけた。小柄な女性が出てきて、ライラを抱きしめた。

「もうだいじょうぶ、パティ」ライラはいった。「もう心配はいらないわ」

「信じられない」ほっとして泣きながら、パティがいった。

　パティがライラにもたれ、南の階段へふたりはひきかえした。リンクが付き添ってライラに手を貸し、エディーはあとの囚人をせかして階段を昇らせた。

　カブリーヨは頭のなかで勘定しながら、離れてゆくライラにきいた。「十九人だ。

囚人の数、まちがいないね？」

ライラが、肩ごしに答えた。「ええ」

カブリーヨが最後の監房のドアをあけているあいだ、レイヴンは北のドアに耳を押し付けていた。

「なにか聞こえるか？」カブリーヨはきいた。

「うんともすんとも」レイヴンがいった。

「どうもようすがおかしい」

「わたしもそう思う」

カブリーヨが最後のドアをあけると、狭い監房にはだれもいないとわかった。ライラのいったとおりの人数だったのだ。

「出よう」カブリーヨはいった。レイヴンを先に行かせ、自分は背後のドアに目を配った。

安全な階段まで半分進んだとき、レイヴンが叫んだ。「触敵《コンタクト》！」

カブリーヨがさっとふりかえると、エディーがライラとパティを南の階段に押し込むのが見えた。廊下の長い壁に面したエレベーターから、銃声が鳴り響いた。銃弾はきわどいところで三人には当たらず、エディーがドアを閉めた。

カブリーヨとレイヴンは、廊下の反対側で、あけ放ってある監房の鋼鉄ドアの蔭に跳び込んだ。なかの囚人が太い閂《かんぬき》を奪えないように、ドアが外開きになっていたので、ふたりの掩蔽物《えんぺいぶつ》に使える。弾丸がドアに当たったが、貫通しなかった。

「会長」エディーが、南の階段から超小型通信機で呼びかけた。「状況は？」

「負傷者なし」レイヴンが答えて、ドアの蔭からP90を突き出し、派手に一連射した。

「リンクとわたしは残って、会長を助け出します」

「だめだ」カブリーヨはいった。「ドアを密閉して、囚人を安全なところへ連れて行け」

それを聞いたレイヴンが、ちらりと目を向けた。

「アイ、会長」エディーがいった。「あとで迎えにきます」

「その必要がないことを願う……早く行け！」

「アイ、会長」エディーがくりかえした。

「ずいぶん楽天的ね」レイヴンがそういってから、また数発を放った。「わたしたちはここに閉じ込められて、十人近い敵がわたしたちを殺そうとしてるのに」

カブリーヨは、接着剤を溶かす溶液がはいっている注入器を持ちあげて見せた。

「閉じ込められるのは、わたしたちじゃない。やつらだ」

25

小屋に着くと、エディーはライラとパティをコンテナの後部へ連れていった。施設の廃棄物を入れたゴミ袋で、なかは半分くらい埋まっていた。他の囚人たちが、すでにコンテナのなかにいて、マクドが轟音を響かせているトラクターのハンドルを握り、リンクがコンテナの上に伏せて掩護射撃の用意をしていた。

「みんな体を低くして」エディーがいった。「かなり揺れるかもしれない」全員が床に座った。

「ドアはロックしないんでしょう?」ライラが、不安そうにきいた。

「ロックはしない」エディーは、ライラにフラッシュライトを渡した。「でも、看守と遭遇した場合、ドアを閉めておくほうが安全だ」

フラッシュライトを手にしたので、ライラはほっとしたようだった。「わたしたちを助けてくれて、ありがとう」

エディーは笑みを向けていった。「お礼は船に乗ってからにしてくれ」

カブリーヨとレイヴンを置いてきたのが気がかりだったが、命令なのでしかたがない。エディーは、接着剤の残りでドアを密閉してきた。とにかく、急いでここから脱出しなければならない。

エディーは、小屋の正面寄りに走っていって、大きなドアを開閉するボタンのそばに立ち、マクドのほうを見た。「用意はいいか？」

マクドは、トラクターのガラス張りの運転台で、できるだけ身を縮めていた。うなずき、のんびりした南部なまりでいった。「このお嬢ちゃんの力を試してみようぜ」

エディーがボタンを押し、ドアが上にあがりはじめた。小屋に陽光が射し込んだ。エディーはトラクターに向けて突っ走り、運転台のルーフに登ってから、コンテナに跳び移った。

リンクは、コンテナのうしろ寄りに伏せていた。エディーは前寄りの縁に腹ばいになり、あがってゆくドアにＰ90サブマシンガンの狙いをつけた。

ドアが完全にあくと、マクドがエンジンをふかした。トレイラーを無様にひっぱりながら、トラクターが勢いよく前進し、エディーはコンテナの上で体をつっぱった。

トラクターが表に出ると、ライフルの銃弾が数発、運転台の左サイドウィンドウに当たった。マクドがかがんでそれをよけた。

エディーが向きを変え、ビーチに通じる小径を走ってくる看守たちを見つけた。エディーとリンクが、小径に向けて銃弾をばらまき、看守たちはジャングルに散った。

「だいじょうぶか、マクド?」銃撃が熄《や》むと、エディーはマクドに大声できいた。

「おれっちなら、無事っす」マクドが答えた。「だけど、つぎはあんたらのどっちかが運転してくれよ」

コンテナの中身は半分だけなので、トラクターはかなりの速さで走ることができた。とにかく、人間の全力疾走よりは速い。広い小径を、ビーチに向けて突き進んだ。

エディーは、コンテナの後部のリンクのそばへ行った。

「ウサイン・ボルトのクローンでもこしらえていないかぎり」リンクがいった。「もう心配はなさそうだ」

そういったとき、はるかうしろで看守たちが小屋に着いていた。ところが、追いつかないのに無駄に走って追いかけることはせず、なかにはいって、暗がりに見えなくなった。

「やけにあきらめが早いな」エディーはいった。

「応援を集めてるのかも」

「かもしれないが、やつらが追いついたときには、われわれはオレゴン号の掩護を受けられる」

一瞬、小屋にはなんの動きも見られないようだった。そのとき、小さな車両が三台、猛スピードで飛び出してきた。

「どこから来たんだ？」リンクがいった。

「もう一台のコンテナの裏に置いてあったにちがいない」エディーはそういってから、超小型通信機のマイクで伝えた。

「マクド、エンジンをぶんまわせ」エディーはいった。「全地形型車両《ATV》が追ってくる」

カブリーヨとレイヴンは、ドアからドアへと走りながら交互に掩護射撃をする交互躍進で、廊下の奥へひきかえした。

サブマシンガンで連射しながら、カブリーヨはオレゴン号に呼びかけた。「マックス、急いで撤退しないといけない」

「了解した」マックスが応答した。「ＨＯＢだな？」

「私もそれを考えていた。ゴメスはいまいるところから操縦できるか？」

間があり、「問題ないといってる」と応答があった。

「よし、上に出るまで、二分くれ」

「待たせておく」

「HOBって?」つぎのドアに向けて走りながら、レイヴンがきいた。

「新しいおもちゃだ。きみに説明してなかった。まだ実験段階だから」

「わたしたちは、実験用モルモットなのね?」

「ここにいたければべつだがね」カブリーヨはいった。

また銃弾が跳ねてそばをかすめたので、レイヴンは身をかがめた。「いたくないわ。桶《おけ》に閉じ込められた魚より、実験室のモルモットのほうがまし」

ふたりは廊下の突き当たりまで進みつづけた。エレベーターを出た看守たちが、やはりドアを楯《たて》にして、攻撃していた。レイヴンが掩護射撃で食い止めているあいだに、カブリーヨはすばやく北の階段のドアのそばでしゃがみ、接着剤を溶かす溶液を、エディーが密閉した部分に注入した。接着剤が溶けて、泡になった。

カブリーヨは、五秒待ってから、ドアに肩をぶつけた。ドアがあくと、向きを変え、レイヴンがつづいて来られるように、制圧射撃を放った。レイヴンが身を躍らせて戸口を通り、その頭の上を銃弾が飛び越えた。

カブリーヨはドアを閉めて、接着剤注入器の半分を脇柱にかけた。レイヴンは、エディーが反対側のドアを密閉したときに、自分用の注入器を渡していた。

「これでしばらくはもつだろう」カブリーヨはいった。注入器一本分ほど強力ではないが、もちこたえるかもしれない。

ふたりは階段を駆けあがって、地下二階のドアを残りの接着剤で密閉した。

そうやって看守を閉じ込めてから、地下一階へ行った。カブリーヨがドアをあけると、廊下にはだれもいなかった。看守たちもユディンという看守長も、カブリーヨたちを追い、出口を探そうとして、下におりていったにちがいない。

カブリーヨは、レイヴンに手をふって、ついてくるよう促した。ひと部屋ずつ調べて、安全を確認しながら、廊下を進んでいった。

五番目のドアをあけると、そこは管制室で、だれもいなかった。持ち出せる物的証拠が見つかるかもしれないと思って、カブリーヨはなかにはいった。〝栈橋〟と書かれたスイッチを見つけた。いまは〝潜水〟になっている。オレゴン号が栈橋に横付けできれば、全員を回収するのが容易になるのはまちがいない。カブリーヨはスイッチを〝浮上〟に入れた。

そのとき、スイッチの上のモニターにタイマーが表示され、カウントダウンが進んでいるのに気づいた。

「まずいな」カブリーヨはいった。「あと二分もない」

レイヴンが、眉をひそめた。「なにが起きるの？」

カブリーヨはキーボードを叩いたが、パスワードを要求された。設定を変えられないようにロックされている。

「〝ベッドタイム〟は、ここで行なわれていることの証拠をすべて消す手順だと、ライラがいっていた」カブリーヨはいった。「看守長が、施設全体を爆破するように設定したのだと思う」

26

看守がひとりずつ乗っているＡＴＶは、曳かれているコンテナにどんどん接近した。だが、おなじ小径をたどってはいなかった。トラクターとトレイラーの右側のジャングルを抜けて走っていた。

「やつら、エンドラン（フットボールで、ラインのもっとも外側を走るプレイ）で前にまわり込むつもりだ」リンクがいった。

「トラクターのマクドを殺《や》れば、こっちが格好の的になると、やつらは知っている」エディーがいった。

ＡＴＶはトラクターよりもずっと速いはずだが、密生した樹木のせいで、速度が鈍っていた。

「狙い撃ちできない」エディーが何発か放ったが、木立にさえぎられた。「そっちは？」

リンクが首をふった。「ろくに見えない」

「マクド」エディーはいった。「ビーチまで、どれくらいかかる?」

「おれっちの計算だと、三十秒」マクドが答えた。「会長がどうにかしたらしく、栈橋が海からあがってきてる」

「よし。栈橋に乗れ」エディーは、リンクのほうを見た。「それでしばらく息がつける」

「そこまで行けるかね」

ATV三台は、トラクターの真横にいて、小径に近づこうとしていた。

「マクド、右に気をつけろ」エディーはいった。

「できるだけ低くなって運転するよ」

エディーとリンクは、木立に数連射を放った。一発がまぐれで先頭の看守に命中した。その男のATVが木に激突して、バラバラになった。あとの二台はカーブを描いてよけ、トラクターに向けて発砲しはじめた。なにかに衝突しないようにしながら、アサルト・ライフルで片手撃ちをしなければならないので、まともに狙えなかった。とはいえ、撃ちつづければ、マクドに当たるおそれがある。エディーは、ATVの接近を食い止める方法を思いついた。

エディーは、ココヤシの実が熟している木立を指差した。木の上のほうにつく実は、葉叢に隠れていないので、障害物なしに撃てる。

「さっき見たヤシガニを憶えているだろう?」エディーは、リンクにいった。

リンクがうなずき、にやりと笑った。ふたりともATVの前方にあるココヤシの木を狙って撃った。

重いココナツが、つぎつぎとATVの上に落ちてきた。

運転していた看守のひとりが、頭にまともにココナツを食らい、ATVから落ちた。ATVがななめに走って、巨大な藪に突っ込み、ひっくりかえった。

もう一台の看守が、それに気づき、ココナツの恐ろしい雨を避けようとして、ハンドルを切って小径に戻ろうとした。だが、あわてふためいていたせいで、リンクとエディーのことを忘れた。

リンクとエディーが、看守めがけて一斉射撃をつづけ、一発がタイヤに当たった。ATVがみごとにひっくりかえり、看守が空高く投げ出されて、木に激突し、地面に落ちて動かなくなった。

「着いた」マクドがいった。

トラクターが木立を出て、ビーチを走り、全長一二〇〇メートルのコンクリートの桟橋に乗った。

そのとき、べつのＡＴＶの音をエディーは聞きつけた。ジャングルで三台を阻止するのに注意を奪われていて、後続のもう一台が小径を接近してきたのに気づかなかったのだ。

ふたりがコンテナのうしろへ移動すると、ＡＴＶが轟然と追ってくるのが見えた。ＡＴＶはビーチでとまり、運転していた看守がおりた。そして、後部からロ《R》ケット擲《P》弾《G》発射機を取った。

そこまでの距離は一八〇メートルで、リンクとエディーのＰ90の射程外だった。だが、ＲＰＧの有効射程は五〇〇メートル弱だ。

「マクド、アクセルをめいっぱい踏め！」エディーは叫んだ。「ＲＰＧだ！」

射程外ではあったが、エディーとリンクは弾倉の残弾をすべて看守に向けて放った。看守はおもむろに狙いをつけていた。ＲＰＧが命中したら、コンテナは引き裂かれる。エディーたちにできることはなかった。

「助けが必要だな、エディー？」マックスの声が、イヤホンから聞こえた。

エディーがうしろを見ると、オレゴン号が高速で接近していた。応答する前に、船首ガットリングガンがまばゆい閃光を発するのが見えた。二〇ミリ・タングステン弾がジュッという音をたてて水面に突き刺さり、ビーチに点々と穴をあけて、看守に達した。一発がRPGに命中し、擲弾《てきだん》が炸裂《さくれつ》して巨大な火の玉となった。炎が散って消えたときには、看守は跡形もなかった。

マクドは、トラクターを走らせて、島から遠ざかった。

「ありがとう、マックス」エディーはいった。「完璧なタイミングだ」

「望ましくないお客さんが来るといけないから、最後まで監視をつづけるよ」

「桟橋に接舷できるようなら」エディーはいった。「お客さんを乗せたい」ジュータ島の囚人の安全を確保すると、命令によって置き去りにしたふたりのことが気がかりになった。「会長とレイヴンから知らせは？」

「ちょっとばかり困っているそうだ」エディーの不安を、マックスの言葉が裏付けた。

「おれたちにできることは？」リンクがきいた。

「なにもない。約六十秒で逃げ出さないといけないと、ファンがいってる」

27

フォードル・ユディンが地下二階のドアを叩いていると、向こう側でだれかが南の階段をおりてくる音が聞こえた。ドアがすべて密閉されて閉じ込められると、自爆装置を設定したのは失敗だったと気づき、ユディンはパニックを起こしていた。

「おい、そっちのやつ！」ユディンは叫んだ。「おれたちは閉じ込められた。ドアをあけろ！」

他の看守もわめきはじめたので、ドアの向こうの看守と話ができるように、ユディンは手をふって黙らせなければならなかった。

「あけられない」鋼鉄のドアごしに、看守がいった。「接着剤で密閉されてるみたいだ」

「それじゃ、小屋から手榴弾を持ってきて、吹っ飛ばせばいいだろうが、馬鹿！」

「すぐにやります」

「急げ！」

ユディンは時計を見て、カウントダウンが一分を切ったと知り、やきもきしたが、どうすることもできなかった。


カブリーヨは、バールを使って、数メートル落ちて動かなくなったエレベーターのドアをこじあけた。

「エレベーターには非常用ハッチがあるはずね」レイヴンがいった。

「そう願いたい」カブリーヨは答えた。

カブリーヨはエレベーターのかごのなかでひざまずき、レイヴンに肩にのるよう合図した。レイヴンの体を持ちあげ、天井を叩くよう指示すると、四角い部分が動いた。

レイヴンがそのハッチをあけて、体を引きあげた。

カブリーヨは跳びあがって、ハッチの縁をつかんだ。レイヴンがベストを持って、ハッチによじ登るのを手伝った。

カブリーヨは時計を見た。あと三十秒。きわどいことになりそうだ。

小屋に出られる一階のエレベーター・ドアは、カブリーヨが破壊工作を行なったときのまま、あいていた。

どこか下のほうで爆発が起き、エレベーターのかごが揺れた。ありがたいことに、施設全体が崩れるような大爆発ではなかった。

レイヴンが、押しあげられてドアを通るときに、カブリーヨのほうを見た。「あれはなに？」

「看守たちが通り道をこしらえたんだろう」カブリーヨは、レイヴンにつづいて昇降路から出ながら答えた。エレベーターの横の階段を駆けあがってくる足音が聞こえた。

「出たぞ」レイヴンといっしょに小屋から駆け出しながら、カブリーヨはマックスに伝えた。「あと十秒しかない。ＨＯＢはどこだ？」

「上を見ろ」マックスがいった。

カブリーヨが見あげると、特大サイズの六ローター・ドローンが、怒っているスズメバチ百万匹分の音を響かせて、開豁地《かいかっち》に舞い降りてきた。ドローンのまんなかの十字の骨組みの上に、大きな座席、ハンドルバー、あぶみがあった。

「あれが実験？」レイヴンは驚嘆していた。

ＨＯＢというのは、マックスが自分の最新の創造物につけた綽名だ。〈Ｈｏｖｅｒ《ホヴァー》 ｂｉｋｅ《バイク》〉というのが正式な名称で、オレゴン号が搭載する初の乗用ドローンだった。

「乗ろう」カブリーヨはあぶみに足をかけて、ハンドルバーをつかんだ。どういうふうになるのか、よくわからなかった。乗るのはまだ三度目だ。

「でも、ひとりの座席しかない」レイヴンがいい返した。

「ふたり運べる」マックスの話では、二五〇キロまでだいじょうぶだというが、まだひとりしか乗ったことがなかった。

レイヴンが、安全カバー付きプロペラのまんなかの座席に座った。座席ベルトを締め、カブリーヨの腰に腕を巻きつけた。

「ちょっと待って」レイヴンはいった。「操縦装置はどこ？」

「ないんだ」カブリーヨはいった。「重量削減のためだ。マックス、用意ができたとゴメスにいってくれ」ゴメスはまだ〈ゲイター〉にいて、他のドローンすべてと〈ホヴァーバイク〉を遠隔操縦している。

「了解した。しっかりつかまれと、ゴメスがいってる」

そのとき、三つのことが同時に起きた。ジャイロで安定を維持する〈ホヴァーバイク〉が上昇し、監房がある階に閉じ込められていた看守たちが――看守長のユディンとおぼしい大男に率いられて――銃を構え、小屋の暗がりから出てきた。だが、大爆発が地面を突き崩したので、看守たちは発砲できなかった。

「もっと高く！」カブリーヨは、超小型通信機のマイクに向かって叫んだ。

〈ホヴァーバイク〉が急上昇した。レイヴンがカブリーヨをつかむ腕に力をこめ、体を密着させて、落ちるのを防いだ。

HOBが樹冠の上に出たときには、眼下の看守たちは爆発地帯から離れようとして、散り散りに走っていた。だが、逃げ切れなかった。小屋が吹っ飛び、鋭い破片が飛散した。衝撃波でHOBは揺れたが、ゴメスの操縦の技倆のおかげで宙に浮かんでいた。HOBに当たりかねなかった大きな破片を、近くのヤシの木の幹が防いでくれた。小さな破片がいくつかカブリーヨとレイヴンに当たったが、怪我をするような大きさではなかった。

それと同時に、爆発で持ちあげられた地面が、数メートル盛りあがった。やがてそれが崩れて、地面がくぼんだ。小屋が潰れて、その残骸が爆発でできた漏斗孔《クレーター》のなかになだれ込んで、土煙のなかに消滅した。開豁地のまわりの樹木が倒れて、あらたにできた馬鹿でかい穴のなかに落ちていった。

「無事か？」カブリーヨは、レイヴンに大声できいた。

レイヴンは、まだカブリーヨの体を必死でつかんでいた。「ええ。でも、これからおりられたらうれしいんだけど」

「でも、これのおかげで、もっと親密になるチャンスが生まれたんじゃないかな？」

「こんなの、ちっとも楽しくない！」レイヴンが、カブリーヨの耳もとでどなった。

「あなただって、楽しいわけがないでしょう」

「たしかにね」にやにや笑っているのを、レイヴンに見られないほうがよさそうだった。

「ふたりとも、だいじょうぶかね？」マックスがきいた。「乗客を写せるカメラを取り付けるのは思いつかなかった」

「なんとかやっている」カブリーヨはいった。「みんなはどうした？　全員、無事にそっちへ行けたか？」

「冷や冷やしたが、死傷者はゼロだ。これから元囚人を乗せる」

「何人かは体調が悪いかもしれない。ドク・ハックスリーに診察の準備をしてもらってくれ」

「もう医療チームが待機してる。近くでおろすよう、ゴメスに指示しようか？」

「ええ！」レイヴンが叫んだ。「早くおろして」

「だめだ」カブリーヨは反対した。「ここにはなにも残っていない。それに、着陸できる開豁地はほかにない。一カ所だけあったのは、地面の穴になった。オレゴン号に戻してくれ」

「もう桟橋に近づいてる。あんたたちは、一分後には戻れる」

〈ホヴァーバイク〉が軽やかに向きを変え、木立の上に見えているオレゴン号に向かって加速した。

ジャングルの上を飛んでいるときに、レイヴンがいった。「ライラとあとのひとたちは、わたしたちがいいときに来て、運がよかったわね。みんな、この島で死ぬところだった。でも、どうして？　彼らはここでなにをやらされてたの？」

「いい質問だ」カブリーヨはいった。「その答が早く聞きたいね」

28

キプロス　リマソル

カールトンの自家用エアバスＡ３８０が離着陸できる空港で、キプロス南岸の街リマソルにもっとも近いのは、ラルナカ国際空港だった。車で東へ一時間近く走らなければならない。混雑しているハイウェイでそんな時間を無駄にしたくなかったので、カールトンは自分とライオネル・グプタとナタリー・テイラーをリマソル港まで運ぶヘリコプターを雇った。〈コロッサス５〉がそこで代わりの衛星アンテナを取り付けられている。三人はいま、農地と真っ青な海との境の海岸線の上を飛んでいた。

東地中海のこの島をカールトンが選んだのは、スエズ運河にもっとも近い港があるからだった。あとのコロッサス船は現在、インド洋にいるので、〈コロッサス５〉の修理が終わったら、できるだけ早く合流させたいと、カールトンは考えていた。

電話が鳴った。ジュータ島に看守たちを迎えにいった貨物船の船長からだった。カールトンは電話に出て、ヘリコプターのローターの音を和らげるためにかけていたヘッドセットの下に差し込んだ。

「終わったか？」前置きもなしに、カールトンはきいた。

「いいえ」船長がひどく落ち着かない声でいった。

カールトンは、テイラーとグプタのほうをちらりと見て、顔をしかめた。

「なにがあった？」

「インド沿岸警備隊の巡視船二隻と貨物船一隻が、島の近くにいます。近づこうとしたんですが、巡視船に離れろと警告されました」

「貨物船？〈トライトン・スター〉か？」

「いいえ。ちがいます。おんぼろの貨物船で、ゴレノ号という船名です。それに、桟橋が水上に出ていました」

カールトンは、ヘリコプターのドアを叩いた。「島の施設は命令したとおりに破壊されたんだろうな」

「それも確認できませんが、島の中央から煙があがっています」

それを聞いて、カールトンはすこしほっとした。ユディンが命令を実行したにちがいない。

「生存者は？」

「わかりません」

現地の人脈を使って、生きている看守がいるかどうかを突き止めなければならない。しかし、たとえ生きていたとしても、作業はすべてコンピュータで行なわれていたので、看守たちからはなにも聞き出せない。彼らは囚人が逃げないようにしていただけで、この船長とおなじように、こちらの身許についてはなにも知らない。この電話でも音声を変えているし、信号は発信源をたどれない装置を経由している。

「わたしへのご命令は？」船長がきいた。

「そこでできることはなにもない」カールトンはいった。「コロッサス船隊と合流し、つぎの指示を待て」

「かしこまりました」

カールトンが電話を切ったとき、ヘリコプターが、船体中央に衛星アンテナを吊りおろそうとしているクレーンを避けて旋回し、〈コロッサス5〉の船尾へリパットへの着船態勢にはいった。三人がおりて、安全な場所に離れると、ヘリコプターはすぐさま離船した。

甲板を歩いているときに、グプタがいった。「どういうことだ？　いまにも爆発しそうな顔をしていたが」

「ジュータ島が発見された」

「どうして？」

「わからない。だが、〝ベッドタイム〟手順は、予定どおり行なわれたようだ」

「しかし、コロッサスのことがばれたら――」

「官憲が見つけるのは地面の穴だけだ。四人の死体は、何千トンもの瓦礫《がれき》に埋もれているだろう。プロジェクトの物証もおなじだ」

「それで、看守たちは？」テイラーがきいた。

「わからない」

「看守がしゃべるわ！」

「しゃべったところで、旅客機の乗客が捕えられていたというだけで、捜査に役立つようなことはなにも知らない」

「ハイジャックとあなたを結び付けるようなことは、なにもないのね？」

「なにもない。息子も乗客すべてとおなじように行方不明になったわけだし」

アダム・カールトンが死んだのは、予定外だった。島から連れ出し、別便でドバイへ行かせるつもりだった。離陸直前にエアバスからおりたことにすればいい。カールトンは大衆の前で、飛行機に乗っていたと思い込んでいた息子が奇跡的に生きていると知って、ほっとした父親を演じるつもりだった。何週間もそういう報道がつづけば、カールトンが関与していたという疑惑は消滅するはずだった。

だが、アダムはエアバスの貨物室で死んでいるのが発見された。頭蓋骨《ずがいこつ》が陥没し、床に血が染みていた。ハイジャックを行なったパイロットは、二百万ドルの報酬をもらってブラジルで引退生活を送る予定だったが、カールトンは息子を死なせた罰として処刑するようナタリー・テイラーに命じた。

コロッサス・プロジェクトの主任科学者で中国人の陳敏《チエン・ミン》が、上部構造から駆け出してきて、カールトンに大股ですたすたと近づいた。陳が雇われたのは、ＡＩシステムで革新的な研究を成し遂げているからだった。いつものように表情は読み取れなかったが、痩せた体で甲板をあわただしく横切ってきたので、なにか異変が起きたのだろうとカールトンは思った。

「陳博士」カールトンはいった。「予定どおりに進んでいるんだろうな」

陳が首をふった。「これから統合コードを書かなければなりません。ジュータ島のプログラマーを使う必要がありますが、連絡がとれません」陳はマサチューセッツ工科大学やカリフォルニア工科大学で長年研究をつづけてきたので、英語がかなり上手だった。

「彼らはいない。きみの手持ちの人員でやるしかない」

「それだと、衛星アンテナを取り付けるのに、一週間かかります。コードがないと、なにもテストできないので」

グプタが、怒りを爆発させた。「一週間だと！　もっと早くコロッサスを始動して運用する必要があるんだ」

「そのとおりだ」カールトンがいった。「ロミール・マリクがつぎの衛星を打ち上げたら、すべてを遮断されるだろうし、わたしが送り込んだ諜報員は、六日後に予備の衛星が打ち上げられるといっていた。打ち上げを阻止するにはコロッサスが必要だ。これ以上遅れたら、プロジェクトを完成できなくなる」

陳が、考えながら空を見あげた。「二日早めることができるかもしれませんが、リスクがありますよ。出港したあとでソフトウェアが機能しなかったら、新しいハードウェアを設置するために戻らなければならないでしょう」

「とにかくやれ」カールトンはいった。

「例外的な手順に、全面的な承認が必要です。ご存じでしょうが、九人のうちふたりに承認してもらわなければなりません」

「だからわたしたちがここにいる」

陳はうなずいた。「では、こちらに来てください」

四人は船内にはいり、〝核〟と呼ばれている部屋へ行った。NASAの運用管制室に似ていて、数十のワークステーションがあり、いっぽうの壁の巨大なスクリーンに、カールトンには理解できない、ありとあらゆるグラフやデータが表示されていた。

陳がキーボードの前に座って、しばしキーを叩き、セキュリティ手順を迂回できる画面を表示した。グプタに、指紋認証パネルに手を置くよう指示した。つぎに、カールトンにもおなじことをさせた。九人のうちのひとりだけがコロッサスを制御するのを妨げるための手順だった。これがあるから、カールトンはグプタをあとの六人とおなじように、〝ライブラリー〟に置き去りにしなかったのだ。ほんとうはグプタをさっさと始末したかったが、確実に要らなくなるまでは、生かしておくつもりだった。

「ありがとうございます」陳がいった。「マリクさんが自分のネットワークを運用できるようになる前に、われわれが稼動するように手を尽くします」

「わたしたち全員のために、ぜったいにそうしなければならない」カールトンはいった。「それから、〈コロッサス５〉がインド洋に着くまで、待っているわけにはいかない。コロッサス船を接続するもっとも早い方法を見つけてくれ」

「かしこまりました」陳がいった。

コロッサス船隊をひとつのユニットとして運用するには、各船に取り付けられたペタバイトの帯域幅のマイクロ波送受信機で交信する必要がある。つまり、船と船の距離が二〇海里以内でなければならない。衛星アンテナは、世界のどこでもインターネットに接続できるようにするためのものだった。コロッサスが完全に接続して機能するようになったら、マリクのシステムにアクセスし、衛星群を使用不能にする。カールトンは、それからマリクを捜し出して、始末するつもりだった。

かといって、カールトンはマリクに個人的な恨みがあるわけではなかった。マリクは自分のことを理想主義者だと思っているが、〈九賢〉のあとの八人が〝人類のため〟という金科玉条を唱えているのを、カールトンは信用していなかった。コロッサスをひとつの集団が掌握すれば、すさまじい力になる。あるいはひとりの人間の手に落ちれば。コロッサスを使えば、どんなことでも思いのままにできる。政府好みの形に変え、国際社会が想像もしていなかったような企業帝国を築くことができる。ウェイクフィールドがいったように、影から支配できる。だれにも手出しされることなく。

「スイートに行く」カールトンは、グプタにいった。「夕食のときに、つぎの段階を話し合おう」テイラーにうなずいて、ついてくるように促した。

グプタがわかったといい、〝核〟を出て、反対側にある自分の船室に案内されていった。

グプタが話の聞こえないところに遠ざかると、テイラーがいった。「あの男を消しましょうか？」

「いや、まだだ。だが、この船からは出さない。完成まであと一歩なんだ。食事のときに、プロジェクトをつづけるように説得する。あいつが乗り気になればそれでいい。そうでないときには、力ずくで引きとめるだけのことだ」

「かしこまりました」

ふたりはいくつもの部屋から成るカールトンの船室へ行った。クルーズ船の最高級スイートなみの豪華さだった。〈無名の九賢〉のメンバーが乗る場合に備え、コロッサス船すべてにおなじ設備が三人分ある。

カールトンは、いつもの癖でリビングのリモコンを取りあげ、つねにイギリスのUNIチャンネルに合わせてある巨大な4Kテレビをつけた。

最初の画像は、ハイジャックされたカールトンのエアバスの写真資料《ストックフォト》だった。

「ずいぶん早いわね」テイラーがいった。「飛行機が識別されるまで、もっと時間がかかると思っていたけど」

「わたしのニュースの取材陣は優秀だからね」カールトンは答えて、ボリュームをあげた。

アンカーウーマンが、ジュータ島の衛星画像を背景に話をしていた。

「……ハイジャックの生存者がこの小さな島で見つかりました。このジュータ島には、外部の人間を敵視する原住民がいると考えられていました」

テイラーが、まごついた顔でカールトンを見た。「生存者？」

「ご覧のとおり」アンカーウーマンがつづけた。「十八カ月前に消息を絶ってからずっと世界中を不思議がらせてきた、ザヴィア・カールトンさんの自家用エアバスA380が、インドから三六〇キロメートル離れた熱帯の島で発見されました――それも、ほとんど壊れていない状態で」

アンカーウーマンがなおも説明するうちに、カールトンは胃が重くなるのを感じた。

「そしていま、インド政府の情報源によれば、乗客が二十人ほど生存していて、ジュータ島で発見された可能性があるということです。氏名や健康状態はまだ明らかにされていませんが、はっきりした情報がはいりしだいお伝えします」

テイラーが、亡霊のような顔になった。血の気が失せていた。「わたしは顔を見られている」

テイラーが島へ行ったときには、身許を隠す理由がなかった。ひとりも生きて島を出られないはずだった。

まずい状況になったとカールトンは悟ったが、俊敏に地雷をよける能力を備えていた。解決策はもう思いついていた。それどころか、完璧だと思った。

「きみに責任をとってもらうしかない」カールトンはいった。

テイラーは愕然とした。「なんですって?」

「きみは顔を見られた。いずれ捜査の手がわたしたちにのびてくる。きみはハイジャックの首謀者だと見なされる。忠実な社員だと思われていたが、ボスを裏切ったのだと」

テイラーが、カールトンを睨み付けた。「わたしが倒れるときには、あなたも火の玉となって倒れるのよ」

カールトンが、両手をあげて、落ち着かせようとした。

「きみに刑務所にはいってくれといっているのではない。消えてもらわなければならない。コロッサスが運用できるようになれば、そんなことは簡単だ」

「でも、わたしの顔」テイラーがいった。「身許を知られた」

カールトンは、ボディガードを兼ねているテイラーをしげしげと見てからいった。

「世界最高の形成外科医をわたしは知っている。細かいところに手を入れて、コロッサスにわたしたちの足跡を消させれば、きみはまったくちがう女性になれる」

テイラーは、なだめられたようだったが、まだ用心していた。「それならうまくいきそうね」

自分の計画が合理的だと見なされたので、カールトンはほっとした。「当局がきみの身許を突き止めるまで、まだだいぶ余裕があるだろうし、自由に動きまわれるはずだ。できればマリクが衛星を打ち上げられないように始末したい。しかし、いま心配なのはマリクのことだけではない。ジュータ島の囚人が知っているのは、きみの顔だけではない。われわれのプロジェクトの名称は囚人たちには教えていなかったが、コロッサスのことがどこまで暴かれるかが問題だ」

29

インド　ポカラン実験場

インド北西部のタール砂漠には、インドの地下核実験場がある。だが、ロミール・マリクは、それとはまったく異なる実験のためにやってきた。元イラン特殊部隊工作員のアサド・トルカンは、当然ながら入場できないので、この秘密陸軍基地の出入口に置いてきた。衛星打ち上げに成功していれば、この実証実験は必要なかったのだが、打ち上げに失敗したために展示《デモンストレーション》を行なわざるをえなくなった。

日除けで激しい陽光をさえぎってはいたが、観覧席の将軍やその他の士官たちは、軍服に汗が染みとおりそうなあんばいだった。スーツ姿の民間人も、やはり不愉快そうな顔をしていた。いっぽう、インド陸軍兵器調達部長のアルナヴ・ゴシュ将軍に悠然と近づいていったマリクは、ゆったりしたシャツにコットンのズボンという服装で、いたって快適そうだった。ゴシュが、今回の展示を要求したのだ。

「暑いなか、おいでいただいて恐縮です、将軍」握手を交わしながら、マリクはいった。

「大手国防企業が、重要なものを見せたいというのだから」ゴシュが笑みを浮かべていった。「足を運ぶのは当然だろう」

「ムンバイの拙宅であさってに夜のパーティをやりますので、将軍と幕僚のかたがたもおいでになってはいかがですか」

マリクは、政府高官や企業幹部や名士と交際を深めるのが大嫌いだったが、将来の計画を実現するには、いくら苦痛でも耐えなければならない。ヴァジュラ・システムが世界を大混乱に陥れてから、自分の人脈でインドを団結させることができる。

「ぜひうかがいたいね」ボリウッドの女優の卵の美女たちに会うのが楽しみで、ゴシュが相好《そうごう》を崩した。

マリクは声をひそめた。「行方がわからなくなっていたザヴィア・カールトンの飛行機がジュータ島で見つかった事件ですが、なにか進展はありましたか?」

ポカランへの空路でマリクはニュースの報道を見て、予想外の発覚にカールトンはさぞかし気を揉《も》んでいるだろうと満悦した。マリクは当初、ノヴィチョクを装塡したブラモス・ミサイルで、島にいる人間をすべて殺し、施設は無傷のままでインド政府が発見することをもくろんでいた。だが、代わりにディエゴ・ガルシアを攻撃したことが、官憲がジュータ島を捜索するきっかけになり、願っていた以上の効果をあげた。

ゴシュ将軍が、不思議そうに首をふった。「最初の報告は、おおざっぱだ。旅客機の乗客が生存していて、墜落したのではなく着陸したといっているそうだ。もっと詳しい話を聞くまでは、信じられない」

「生存者の事情聴取はまだ行なわれていないのですか？」

「十八カ月も監禁されていたあとだから、手当てを受けているところだ」

「発見したのは何者ですか？」

「通りがかりの貨物船が、島から煙が昇っているのを見て調べたらしい。乗組員の何人かがたまたま元米軍兵士だったので、生存者を救出できたようだ。非常に運がよかったといえるだろうな」

「たしかに運がよかったですね」自分がそうなるように導いたことを思い、マリクはにやにや笑いそうになるのをこらえた。島のコンピュータから証拠が見つかれば、コロッサス・プロジェクトはほんとうに存亡の危機に追い込まれる。乗客も情報を提供できるかもしれないが、マリクに結び付くようなものはなにもない。

がね」
「展示《デモ》をはじめようか」ゴシュがいった。「きみがいうとおりに機能すればいいんだ
「まちがいなく機能しますよ。将軍のチームをうならせてみせます」マリクは答えて、
観覧席の前のマイクに近づいた。出席者二十数人が、席についた。
「みなさん、ご臨席いただき、ありがとうございます」マリクはいった。「衛星やロ
ケット事業のことで、みなさんはたいがいわたしのことをご存じでしょうが、数年前
からわたしは、パキスタン、中国、インド軍の利益になるその他の分野にも、事業を拡大してきま
した。パキスタン、中国、テロ組織の脅威にさらされているいま、将来、それらの脅威と戦うことをつねに見越していなければなりません。きょう、みなさんにおいでい
ただいたのは、その解決策を過去から見つけ出すのが重要だと考えているからです」
マリクは無線で指示した。「位置につけろ」
マリクがなおも指示すると、ハイテクのアルジュン主力戦車六両が、八〇〇メート
ル前方の射撃場に向けて、高速で走ってきた。反対側から、一九六〇年代の旧式な
T-55戦車一両が走ってきた。
「左の六両はわが国の最高峰の戦車アルジュンです。精鋭の連隊に配備されています。
右の一両は、一九七一年のパキスタンとの戦争でわが国を勝利に導くのに重要な役割

を果たしたT‐55です。T‐55が、高性能の兵器を備えたアルジュンに勝ち目がないのは明らかでしょう。アルジュンは、レーザー照準器や自動化した射撃指揮装置を備え、搭載の先進的なコンピュータシステムですべてを制御しています。しかしきょうは、T‐55が六両の敵すべてを打ち負かすところをお目にかけます」

聴衆から、笑い声と嘲る声が浴びせられた。

マリクはうなずいて、笑みを浮かべただけだった。「信じられないのはわかりますが、わが国の軍に対する特殊な新しい脅威があることは、みなさんもご存じでしょう。ソフトウェア・ハッキングは重大な危険ですが、われわれには備えがありません。それをこれからお目にかけます」

マリクは、戦車の車長たちに、無線で命じた。「第一次攻撃を開始していいぞ」

最新鋭のアルジュン戦車二両が、静止しているT‐55に高速で接近した。

「わたしたちはきのう、あの二両の制御ソフトウェアをアップデートしました」マリクはいった。「照準をつける速度が、二〇パーセント増加されるはずです。ただ、車長たちは知りませんが、そのソフトウェア・アップデートには、戦車の通信アンテナを操作するパッチが仕込まれていました。わたしはいま、それらを完全に制御しています。まず、いまの位置から動けないようにします」

マリクは、大げさな仕草で携帯電話を出した。特別に設計されたアプリを起動し、〝停止〟アイコンを叩いた。

戦車がマリクの後方で急停止した。聴衆がざわめいた。戦車の乗員の驚いた顔は、想像するしかない。これからなにが起きるかを知っているのは、おもしろがるような顔で座っているゴシュだけだった。

「T‐55に敵戦車を打倒させるのではなく、敵戦車を同士討ちさせたらどうでしょうか?」

マリクは、〝十字砲火〟と記されたプログラム・ボタンを叩いた。

アルジュン戦車二両の主砲が向きを変えて、T‐55ではなくおたがいに筒先を向けた。位置が定まると、二門とも発砲した。

巨大なライフル砲が炎を吐き出し、二両の戦車の車体で同時に爆発音が轟《とどろ》いた。砲身が下がり、戦車が吹っ飛ばされたかと思われたが、爆発したのは、頑丈な装甲車両にはなんの損害もあたえられない特殊閃光音響弾だった。

しかしながら、その爆発は観衆に衝撃をあたえた。数秒後にソニックブームが観覧席に達したとき、二両の戦車が突然味方を撃つのを見て愕然とした観衆のほとんどが、棒立ちになった。ゴシュは、目の前の光景に感じ入って、マリクにただうなずいて見せただけだった。

「どうかお座りください、みなさん」マリクはいった。「展示ではだれも負傷していませんが、わが国の軍事ハードウェアが外部のハッカーに対してかなり脆弱《ぜいじゃく》であることを、指摘できたと思います」コロッサスが完全に運用されると、地球上のすべての軍事システムにありとあらゆるマルウェアをインストールするのは、いとも簡単になる。

炎が消え、煙が散ると、観客は着席した。

「いまご覧になったのは、ぞっとするような光景でしたが、展示はそれで終わりではありません。もっと危険な可能性を、わたしたちは考慮しています。わたしもみなさんがたとおなじように、ディエゴ・ガルシアの米海軍基地で数日前に起きた事件について噂《うわさ》を聞いています。ただの機械的な故障ではなく、非核電磁パルス装置によるコンピュータ・システムへの攻撃で、基地のすべてのテクノロジーが使用不能になったようです」

観客すべてが噂を聞いているとは思っていなかったが、マリクの言葉は狙ったとおりの反応を引き起こした。ざわめきがひろがった。

「インド空軍は、同様の装置を造るために、わたしの会社と契約を結んでいます」マリクは話をつづけた。「金剛杵《ヴァジュラ》と呼ばれるシステムです。有効距離は短いですが、短期の使用にはきわめて効果的です。わたしたちがそれを開発した場合には、敵もおなじものに取り組んでいるか、すでに現場に配備したと想定すべきでしょう」

マリクは、ふたたび無線で指示を出した。「第二次攻撃開始」

こんどはアルジュン戦車四両が前進し、T‐55も四両に向けて進んだ。

マリクは、おなじアプリを使い、〝電磁パルス《EMP》〟と記されたボタンを表示した。それを押すと、携帯電話の画面が消えた。

それと同時に、アルジュン四両が文字どおりぴたりと停止した。

だが、T‐55は影響を受けなかった。射程内へ進んで、動かないアルジュン戦車を撃ちはじめた。アルジュン戦車が一両ずつ炎と煙に包まれ、やがて四両とも模擬演習《ウォー・ゲーム》で〝破壊〟された。性能でも勢力でも優勢だった敵戦車六両と戦って勝利を収めたT‐55戦車は、向きを変えて、ガタゴトともときた方向へひきかえした。

観衆のなかの大佐ひとりが立ちあがっていった。「あれはただのシミュレーションだ。わが軍の戦車がEMP攻撃に脆《もろ》いとは思えない。そういう兵器に対して、回路を強化しているはずだ」

マリクはにやりと笑い、単純な電気機器なので影響を受けないマイクに向かっていった。「シミュレーションではありません。ご自分の携帯電話をご覧ください。携帯電話はすべて電源が切れているはずです」

ゴシュを除く全員が、携帯電話を出した。電源がはいらないと知って、驚いた。

「ご心配なく」マリクはいった。「効果は一時的です。二、三分たったら、正常に使えるようになります」

「この問題への解決策はあるんだろうね」ゴシュがいった。

「あります」マリクは答えた。「わたしたちの保有兵器のなかでもっとも重要な兵器であるアルジュン戦車のために、わたしは数十億ルピーをかけて、バックアップ・システムを開発しました。いま煙をあげているアルジュンを旧テクノロジーに逆改修し、コンピューターが使用不能になっても運用できるようにします。それだけではなく、わたしの工場はすべて、こういう兵器でインドの都市が攻撃された場合に備え、コンピュータなしでも稼動できるように設計されてます」

ゴシュが、観覧席の前のマリクのそばへ行き、観客に向かっていった。「わたしはすでに、一線級の師団二個がロミール・マリクの設計を採用する許可をあたえた。それらの部隊は、すぐにでも配置できる。海軍艦数隻、空軍の飛行隊数個も、コンピューターが使用不能になっても軍事作戦を続行できるように、旧テクノロジーを使用している」

「持続するだけのためではありません」マリクは明言した。「これに対応できるのがわれわれだけだとしたら、勝利を得ることができます。コンピュータが使えなくなったとき、インドに太刀打ちできる軍隊は全世界にひとつもなくなります」マリクが人類を自滅から救おうとしているのは事実だったが、それとともにインドを世界最大の超大国にすることができれば、それにこしたことはない。マリクの衛星が完全に運用できるようになれば、それが社会を再建する最善の方法になるはずだった。

ゴシュが、マリクのほうを向いていった。「きわめて効果的な展示《デモンストレーション》に感謝する。きょう、われわれはみんな多くを学んだと思う」

マリクはいった。「パーティでお目にかかりましょう」

観衆が解散しはじめたとき、ＥＭＰの威力を疑った大佐が、となりの士官に文句をいうのが聞こえた。「五〇年代の装備よりも、われわれのテクノロジーのほうが優勢だというほうに、わたしは賭けるよ」

マリクは首をふったが、黙っていた。大佐はまもなくその賭けで大負けするはめになるだろう。

30

ジュータ島

夜の帳《とばり》がおりたころ、オレゴン号はジュータ島の一三海里沖の位置を保っていた。インドの領海からは一海里離れている。領海外だとインド沿岸警備隊はオレゴン号とその乗組員に司法権を行使できないので、救助した乗客を待機している巡視船に移す作業に関して、オレゴン号には強い交渉力がある。その手配について、カブリーヨは船室でオーヴァーホルトの連絡を待っているところだった。

乗客十九人がきちんとめんどうを見てもらい、オレゴン号が公海に出たことを確認してから、カブリーヨはようやくシャワーを浴びることができた。タオルで体を拭くと、さまざまな機会と現場作業に応じて取り揃えた義肢をしまってあるクロゼットへ、片脚で跳んでいった。

一本は〝戦闘用義肢〟で、過酷な戦闘に耐えるようにカーボンファイバーで強化され、四五口径ACP弾を使用するコルト・ディフェンダー・セミオートマティック・ピストル、セラミック製のナイフ、トランプひと組よりも小さなC‐4プラスティック爆薬の包み、ヒールから発射できる四四口径単発銃などの武器が隠されている。べつの義肢には探知できない収納用空間があり、さまざまなものを密輸するのに使える。だが、いましばらくオレゴン号にいることになるので、もっとも快適な義肢をカブリーヨは選んだ。本物の皮膚のような感触の表面に毛を植えてあり、本物の肢《あし》と区別がつかない。

カブリーヨは、デスクの椅子のところへ義肢を持っていって、腰をおろし、右膝の切断面をさすった。中国の駆逐艦の艦砲で吹っ飛ばされてから、痛みが消えることはないが、いまは鈍い痛みが残っているだけで、動きはじめると気にならなくなる。

カブリーヨは、慣れたリズミカルな仕草で、義肢をつけてストラップを締めた。しっかりと取り付けると、立ちあがり、モニターに送られてくるカメラの画像で巡視船の航海灯が見られるように、寝室から服をオフィスに持ってきた。インド沿岸警備隊の巡視船が距離を保っていたので、カブリーヨはほっとした。4Kモニターはオフィスのいっぽうの壁一面を占領している。解像度が高いので、船内の奥にいるのに、まるで窓からじかに見ているようだった。

オレゴン号の乗組員はすべてずっと船上で暮らしているので、船室の内装を自分の好みにするために豊富な予算があたえられる。カブリーヨは、映画『カサブランカ』のリックの〈カフェ・アメリカン〉の古めかしいしつらえを選んだ。アンティークのデスク、ダイニングテーブル、椅子、昔の黒電話という道具立てだから、ハンフリー・ボガートもくつろげるはずだ。寝室の巨大な黒い金庫も、骨董品《こっとうひん》だった。そこにはカブリーヨの個人用武器、オレゴン号が作戦に使う現金、〈トライトン・スター〉を乗っ取るときに使った金の延べ棒などが収められている。モニターの反対側の壁には、真作のピカソが一点飾られている。〈コーポレーション〉は投資目的で美術品を所有しているが、ほとんどはオレゴン号の廊下に飾られていないときには、銀行の地下金庫で保管されている。しかし、そのピカソの小さな油絵には、過去の任務にまつわる特別な意味があるので、オレゴン号から持ち出されることはない。

カブリーヨがズボンをはきかけたときに、電話が鳴った。

カブリーヨは受話器をとった。「はい」

ハリからだった。「ラングストン・オーヴァーホルトとテレビ電話でつながりました。そちらの画面に接続しますか？」

「一分待ってくれ」カブリーヨは受話器を置いて、薄手のセーターを着た。ライラに抗弾ベストの上から撃たれた胸をのばすときに、ちょっと顔をしかめた。黒と青の醜い痣《あざ》が残り、抗弾ベストが衝撃をすべて吸収したわけではないことを示している。受話器を持つと、「よし、つないでくれ」とカブリーヨはいった。

腰をおろし、受話器をかけると、オーヴァーホルトのいかつい顔が、モニターの海の景色に取って代わった。

「よろこんでくれ。国務省が、インドにこちらの条件を呑ませた」ＣＩＡ幹部のオーヴァーホルトがいった。

政府の人脈をすばやく操るオーヴァーホルトの力に、カブリーヨはいつもながら感心した。「わたしたちは自由放免ですね？」

「ジュータ島にいた囚人を沿岸警備隊に引き渡したら、あとは好きなようにできる。きみたちがたまたまそばを通り、怪しいものを見かけて、善意で救出したという話を、インド政府は受け入れた。きみたちがこれ以上かかり合いにならないようにする見返りに、ずっと行方不明になっていた乗客を救出した手柄は、インドのものになる。乗客たちから、役に立つ情報はなにか得られたか？」

「まだわかりません」カブリーヨはいった。「食事や服を提供するときに、乗組員がそれとなく事情を聞いています」

「彼らがオレゴン号について知っていることは？」

「ゴレノ号という貨物船だということだけです。オレゴン号が武器を使用したときには、彼らはコンテナのなかに隠れていました。いまは偽食堂で世話をしています」

「それなら、偽装はばれていないな。〈トライトン・スター〉事件と島の施設を結び付けるようなものは、なにか見つかったのか？」

カブリーヨは首をふった。「われわれが捜索する前に、やつらが爆破しました」

「そうか、じつは結び付きがあるのを、われわれはつかんだ」

「どうやって？」

「〈トライトン・スター〉を捜査したチームが、巡航ミサイルを収めていたコンテナから受信機と照準コンピュータを見つけた。それを使って、ラスルが遠隔操作で発射したんだ。捜査チームは、ディエゴ・ガルシア攻撃はぎりぎりになって変更されたものだと考え、最初のターゲットの座標を解読した。どこだと思う？」

「ジュータ島ですね」

「そのとおり。ラスルを雇った人間がだれであるにせよ、ノヴィチョクで島の人間を一掃するつもりだったのだ。そして、〈トライトン・スター〉の乗組員を皆殺しにする。幽霊船と化した〈トライトン・スター〉が発見されたとき、そこには島の施設と結び付けられるような証拠が残っている。陰謀を企んだものがよっぽど間が抜けていないかぎり、そんな証拠が残っているはずがない。仕組まれたものだ。敵はかなり有能だと思われるからね」

「つまり、こんどはラスルを雇っていた人間を突き止める必要がありますね。ラスルのフルネームは？」

「ＣＩＡがラスルの顔をしっかりとスキャンしたので、わかっている」オーヴァーホルトはいった。「フルネームはラスル・トルカン。元イラン特殊部隊員だ。アサドという一卵性双生児の兄がいる。ふたりともおなじ時期に除隊している」オーヴァーホルトは、二枚の写真がならぶように画面を変えた。ラスルとアサド・トルカン。瓜《うり》ふたつなので、自分が殺したのがどっちなのか、カブリーヨにはわからなかった。

「いま、アサドがどこにいるか、わかっていますか？」

「それもじつはわかっている」画像が四十代のインド人に切り替わった。仕立てたスーツを着て、非の打ちどころのない服装だった。メルセデスのリムジンに乗るところだった。ドアをトルカン兄弟のどちらかが押さえていた。

「これはロミール・マリクだ」オーヴァーホルトはいった。「インド人ビリオネアで、人工衛星の設計と打ち上げの会社、その他多数のビジネスを所有している。イーロン・マスクのインド版だといわれている。最近では、ヴァジュラというインドの最新衛星通信ネットワークの構築を任されている。しかし、数日前に打ち上げ中にロケットが爆発し、計画に遅れが出ている」

それがカブリーヨの記憶をゆさぶった。「エリック・ストーンが、巡航ミサイルの発射直前に、アラビア海でロケットが爆発したといっていました。ほぼおなじ時刻に起きたというのは、興味深いですね」

画像がオーヴァーホルトの顔に戻り、カメラに向かって眉をひそめているのが映し出された。「たしかに、結び付く事柄が増えているな。ジュータ島の証拠を一掃する計画にマリクがつながりがあるとすると、ディエゴ・ガルシアの電子機器を故障させたことにも関わっていた可能性がある。マリクが攻撃のターゲットなのか、それとも下手人《げしゅにん》なのかを、突き止めなければならない」

「島の施設でなにが行なわれていたかがわかれば、この一連の出来事の動機が見えてくるでしょう」

「囚人からやんわりと事情を聞いている時間はないぞ。合意では、一時間後に引き渡さなければならない。そうしないと、インド沿岸警備隊が島の事件について詳しく調査するために、オレゴン号を拘束しようとするだろう。インドは原住民ではなく誘拐犯の一味を保護していたことを遺憾《いかん》に思っている」

「インドの著名なビジネスマンが米軍基地を攻撃したと非難したら、われわれにやさしくしてくれそうにありませんしね」

オーヴァーホルトはうなずいた。「そういうわけで、こっちも板ばさみになっているんだよ」

カブリーヨは立ちあがった。「ライラ・ダワンがいい知恵を授けてくれるかどうか、話をしてみます」

「よし。しかし、手早くやるんだぞ。そうそう、もうひとつ。ロミール・マリクの名前が出たときに、ちょっと調べてみた。マリクは、ムンバイに所有している巨大なコンドミニアムで仕事をすることが多いようだ」

カブリーヨには、オーヴァーホルトの狙いがわかっていた。なんの理由もなくそれを口にしたわけではないので、カブリーヨは調子を合わせた。「だれかがなかにはいって、彼のコンピュータ・システムを覗くのに格好の場所かもしれませんね」

「たまたま、あさっての晩にそこでチャリティ・パーティがひらかれる」取っておきの情報を、オーヴァーホルトはさりげなく教えた。「ムンバイの新聞すべてに載っている。今年最大の社交行事だ。きみが知りたいだろうと思ってね」

「耳寄りな話を、ありがとうございます」カブリーヨはいった。

〈コーポレーション〉はそのパーティの招待状を手に入れなければならないようだった。


（上巻終わり）

◉訳者紹介　**伏見威蕃**（ふしみ いわん）
翻訳家。早稲田大学商学部卒。訳書に、カッスラー『戦慄の魔薬〈タイフーン〉を掃滅せよ！』、クランシー『謀略の砂塵』（以上、扶桑社ミステリー）、グリーニー『暗殺者の潜入』（早川書房）、ウッドワード『FEAR 恐怖の男 トランプ政権の真実』（日本経済新聞出版社）他。

秘密結社の野望を阻止せよ！（上）

発行日　2019 年 6 月 10 日　初版第 1 刷発行

著　者　クライブ・カッスラー & ボイド・モリソン
訳　者　伏見威蕃

発行者　久保田榮一
発行所　株式会社 扶桑社
〒105-8070
東京都港区芝浦 1-1-1　浜松町ビルディング
電話　03-6368-8870(編集)
03-6368-8891(郵便室)
www.fusosha.co.jp

印刷・製本　図書印刷株式会社

Printed in Japan
ISBN 978-4-594-08226-0　C0197